KB094859

鵬붕정대연가

붕정대연가(鵬程大戀歌) 21

임영기 新무협 판타지 소설

초판 1쇄 찍은 날 § 2022년 8월 12일
초판 1쇄 펴낸 날 § 2022년 8월 19일

지은이 § 임영기
펴낸이 § 서경석

총괄팀장 § 황창선
편집책임 § 김우진
디자인 § 스튜디오 이너스

펴낸곳 § 도서출판 청어람
등록번호 § 제387-1999-000006호
등록일자 § 1999. 5. 31
어람번호 § 제2-2912호

본사 § 경기도 부천시 부일로 483번길 40 서경B/D 3F (우) 14640
편집부 § 서울시 구로구 디지털로 272 한신IT타워 404호 (우) 08389
전화 § 02-6956-0531 팩스 § 02-6956-0532
http://www.chungeoram.com
E-mail § chungeorambook@daum.net

ⓒ 임영기, 2021

ISBN 979-11-04-92453-8 04810
ISBN 979-11-04-92299-2 (세트)

도서출판 청어람
21
[완결]
임영기 新 무협 판타지 소설
Cover illust A4
붕정대연가
FANTASTIC ORIENTAL HEROES

鵬붕정대연가

목차

第二百十二章

팔괘주(八卦洲)

꽈꽈꽝!

꽈르르릉!

똥섬 와분도가 깨지고 부서지는 굉음이 산천을 쩌르르 떨어 울렸다.

진천룡을 비롯한 부옥령과 청랑, 은조, 훈용강, 종초홍, 소정 원 등 최측근들이 와분도 상공을 이리저리 비행하면서 섬을 향해 강맹한 강기를 소나기처럼 발출했다.

남경 강가에는 수많은 사람들이 구름처럼 모여서 이 장관을 구경하고 있다.

와분도는 남경 강가에서 삼십여 장 거리에 있기 때문에 돌

섬을 부수는 광경이 사람들 눈에 띄지 않을 수가 없었다.

남경 성민들의 눈에는 와분도를 부수는 진천룡 일행이 신선처럼 보였다.

진천룡을 비롯한 일곱 명은 하나같이 초극고수 이상의 수준이므로 아무것도 딛지 않고 최소한 일 각 이상 허공에 떠 있을 수 있다.

수백 명의 구경꾼들이 박수를 치면서 환호성을 질렀다.

"와아아! 잘한다!"

"그놈의 똥섬 싹 없애 버려라!"

남경의 장강에는 하루에도 수천 척의 크고 작은 배들이 왕래를 하는데, 그렇게 하류 쪽에서 남경으로 다가오는 배들에게 최대의 고비가 바로 와분도였다.

길이가 십오 장이나 되는 와분도가 물길을 떡하니 가로막고 있어서 걸핏하면 충돌 사고가 벌어지기 때문이다.

지금까지 와분도 때문에 침몰한 배가 수천 척은 되는데, 진천룡 일행이 그 와분도를 깨부수고 있으니 사람들이 환호하는 것은 너무도 당연한 일이다.

하지만 진천룡이 보기에 와분도를 깨부수는 데 시간이 너무 오래 걸리는 것 같았다.

상대적으로 공력이 약한 몇 명은 지친 기색이 역력하고 틈틈이 와분도에 내려서 잠시 휴식을 취하기도 했다.

[모두 들어라.]

진천룡이 전음을 보내자 모두 동작을 멈추고 그를 주시했다.

진천룡은 와분도의 한쪽 끝을 가리키면서 말했다.

[모두 힘을 모아 저기부터 깨부순다.]

여섯 명이 즉시 그의 곁으로 날아와 허공에서 정렬했다.

[저기다. 하나… 둘… 셋!]

콰우우웅!

일곱 명이 동시에 일제히 와분도의 끝부분을 향해 전력으로 쌍장을 발출했다.

꽈꽈꽝!

천지를 뒤흔드는 굉음과 함께 부서진 돌덩이들이 사방으로 흩어졌다.

"와아앗!"

"피해라!"

돌덩이들이 강가로 날아오자 구경꾼들이 소 건너는 웅덩이에 파리 떼 흩어지듯이 달아났다.

진천룡의 예상이 적중했다. 와분도는 그로부터 반각 안에 완전히 사라졌다.

처척…….

진천룡 등은 강가 구경꾼들 옆에 내려섰다.

팔괘주 남쪽 샛강 입구를 가로막고 있는 십오 장 길이의 와분도가 사라지자 그쪽으로 예전보다 훨씬 많은 수량의 강물이 흘러가게 되었다.

구경꾼들은 홀린 듯한 표정을 지으며 진천룡 등을 바라보았다. 그들의 눈에는 진천룡 등이 천상에서 하강한 신선들처럼 보였다.

*   *   *

진천룡 등은 탄매산 북쪽 기슭에 도착했다.

샛강을 굽어보던 진천룡 입가에 흡족한 미소가 떠올랐다.

쏴아아…….

샛강 입구를 가로막고 있던 와분도를 없애고 나니까 대량의 강물이 유입되어 원래보다 세 배 이상 수량이 많아졌으며, 따라서 강폭은 두 배 이상 넓어졌다.

부옥령은 밝게 웃었다.

"이제 됐군요."

진천룡은 주위를 둘러보다가 뒤쪽의 십여 장 높이 담 위를 가리켰다.

"저기에 궁수들을 배치하는 게 좋겠다."

부옥령 얼굴이 더욱 환해져서 손뼉을 쳤다.

짝!

"좋은 방법이에요!"

훈용강이 고개를 크게 끄떡이며 말했다.

"강폭이 사십 장으로 넓어졌음에도 불구하고 천군성이 강을 메우려고 한다면 고슴도치가 되고 말 겁니다."

진천룡은 팔패주를 바라보았다. 샛강 쪽에 완만한 모래 언덕이 있어서 그 너머가 보이지 않았다.

"저기에 우리 첩자가 있나?"

"없습니다. 숨을 곳이 마땅하지 않고 구태여 첩자를 심을 필요가 없기 때문입니다."

"적을 염탐하는 일이 어째서 필요 없다는 것인가?"

훈용강의 말에 진천룡이 가볍게 꾸짖었다.

"천군성은 만만한 상대가 아니므로 우리 쪽에서 한 치의 실수라도 있어선 안 되네."

"죄송합니다."

부옥령이 훈수를 두었다.

"천군고수 두 명을 납치해서 신상을 알아낸 후에 호위대에서 두 명을 선발해서 천군고수로 변신시켜 잠입시켜라."

"그러겠습니다."

영웅호위대 고수의 평균 공력수위는 삼백 년이므로 첩자의 임무를 수행하는 데 별문제가 없을 터이다.

부옥령은 진천룡이 첩자를 심으려는 것에 찬성했다.

사실 팔패주의 천군성에는 동천주 백강조가 있기 때문에 그를 이용하면 굳이 첩자를 심을 필요가 없다.

그렇지만 진천룡은 그렇게 하지 않았다. 그러면 백강조가 천군성을 배신하는 것이 되기 때문이다. 그를 배신자로 만들지 않으려는 진천룡의 배려인 것이다.

                    *   *   *

　팔괘주에서 인부들이 통나무집을 짓는 것을 둘러보고 있던
태상군사 하명웅은 예상하지 못했던 비보를 들었다.

"배들이 침몰했다고?"

"그렇습니다."

"우리가 사용하는 배 전부 말인가?"

"그렇습니다."

하명웅 얼굴에 어이없는 표정이 떠올랐다.

"어떻게 그런 일이 가능하지?"

"확인해 본 결과 간밤에 누군가 모든 배의 밑창에 구멍을 뚫
었습니다."

"복구하는 데 얼마나 걸리겠느냐?"

보고하는 고천주(高天主) 얼굴에 착잡함이 떠올랐다.

"복구가 불가능합니다."

"어째서 그렇지?"

　천군성에는 크게 내성과 외성이 있으며, 내성은 천군칠천이
고, 외성은 천외오전이라고 부른다.

　천군칠천은 동서남북 넷에 중, 고, 상, 세 개의 천(天)이 더해
졌다.

천군성 제이인자인 태상군사 하명웅은 성주 직속인 상천을 제외한 천군육천을 다스릴 수 있다.

올해 오십삼 세인 중후한 외모의 고천주는 송구스럽다는 듯이 설명했다.

"배들이 포구의 깊은 물속에 가라앉아 있기 때문에 어떻게 손을 써볼 방법이 없습니다."

"하아… 그런가?"

유생 같은 외모에 선풍도골 수려한 용모를 지닌 하명웅은 난감한 표정을 지었다.

"사람과 물자가 얼마나 더 와야 하지?"

"사람은 팔만 명, 물자는 칠 할이 더 들어와야 합니다."

"낭패로군."

하명웅은 배를 침몰시킨 것이 누구냐고 묻지 않았다. 묻지 않아도 영웅문의 소행이라는 것을 잘 알고 있기 때문이다.

"이제 어쩐다?"

하명웅은 중얼거리면서 생각에 잠겼다.

고천주 전익홍(全益洪)은 입을 다물고 하명웅을 바라보면서 기다렸다.

전익홍이 알고 있는 하명웅이라면 오래지 않아서 다른 방법을 생각해 낼 것이기 때문이다.

과연 하명웅은 열 호흡이 지나기도 전에 생각을 끝내고 지시를 내렸다.

"여의단 고우현(高郵縣) 분국(分局)에 배를 알아보게."

"알겠습니다."

"최대한 많이 확보해서 보내라고 이르게."

"명을 받듭니다."

여의봉래라는 말이 있는데, 천하에서 가장 규모가 큰 상단인 여의단과 봉래궁을 가리키는 것이다.

천하에서 가장 큰 열 개의 상단을 천십단이라고 하며, 그중에서 일 위와 이 위가 여의봉래다.

강서성 남창에 있는 천추각과 비교하면 여의단이 일곱 배정도 크니까 과연 어느 정도인지 짐작할 수 있을 것이다.

여의단은 천하 중요 도성과 현에 지부와 분국을 두고 있으며, 이곳에서 가장 가까운 곳의 분국은 강소성 고우현에 있다.

물론 남경에도 있으나 적지인 남경의 여의지부에 배들을 보내라고 명령을 내릴 수는 없는 노릇이다.

전익홍이 물러가고 나서 잠시 생각에 잠겨 있던 하명웅이 입을 열었다.

"성주께선 어디에 계신가?"

"모르겠습니다."

"어떤 연락도 없으셨나?"

"그렇습니다."

하명웅 주위에 서 있있던 세 명의 측근 중에 중천주(中天主)가 대답했다.

"성주를 뵈어야겠다. 연락해라."

"명을 받듭니다."

중천주는 손짓으로 가까운 곳에 대기하고 있는 고수를 불러서 명령을 하달했다.

그때 전서구 한 마리가 날아와서 주변의 어떤 인물에게 하강하여 그가 내민 팔에 앉았다.

그 인물은 풍영전주이며 풍영전은 천군성의 모든 연락과 정보 수집 등을 맡고 있었다.

풍영전주는 전서구에서 돌돌 말린 서찰을 꺼내 즉시 달려와 무릎을 꿇고 하명웅에게 내밀었다.

"검황천문에서 온 급보입니다."

"음."

하명웅은 서찰을 받아서 읽다가 미간을 찌푸렸다.

"금혈마황이 죽어?"

그때 명령을 전달하고 돌아오던 고천주 전익홍이 그 말을 듣고 적이 놀라는 표정을 지었다.

"전광신수가 죽인 것입니까?"

하명웅은 진중하게 고개를 끄떡였다.

"그렇네."

"전광신수라는 자, 소문보다 더 대단하군요."

"그런 것 같으이."

하명웅은 씁쓸한 얼굴로 중얼거렸다.

"영웅문이 우리가 확보한 배들을 침몰시켰다고 했을 때 금혈마황과 검황천문의 대군사라는 자에게 무슨 일이 생긴 것이라고 예상했었네."

금혈마황과 대군사 명보운은 하명웅을 찾아와서 거래를 했었다. 그 내용인즉, 검황천문이 천군성에 굴복할 테니 힘을 합쳐서 영웅문을 상대하자는 것이었다.

그런데 금혈마황이 죽었으니 그 합작 계획은 물 건너갔다고 봐야 한다.

대군사 명보운이 혼자서 그 계획을 감행하기는 벅찰 것이다. 어쨌든 그 일은 좀 더 두고 보면 알 일이다.

*   *   *

진천룡에게 보고가 날아들었다.

"거선 오십여 척이 오고 있다고?"

전서구가 갖고 온 서찰을 읽은 부옥령이 대답했다.

"경항대운하(京杭大運河)에서 장강으로 들어섰다고 해요."

하북성 북경에서 절강성 항주까지 남북으로 오천여 리에 걸쳐서 이어 있는 운하가 경항대운하이다.

부옥령이 말을 이었다.

"만약 그 배들이 장강 상류로 방향을 잡는다면 여의단의 상선이 분명할 거예요."

진천룡은 고개를 끄떡였다.

"그렇겠지."

"천군성에서 강소성의 여의단 지부들에 배를 모으라고 명령한 모양이에요."

말을 마친 부옥령은 창밖을 보고 있는 진천룡이 침묵을 깰 때까지 기다렸다.

그런데 진천룡은 꽤 오랫동안 창밖을 응시하면서 눈도 깜빡거리지 않았다.

그 모습에 부옥령은 그가 설옥군을 생각하고 있는 것이라고 짐작했다.

부옥령은 그의 상념을 깨지 않고 묵묵히 기다렸다.

*　　　　*　　　　*

같은 시각, 하명웅도 여의단이 오십여 척의 상선을 보냈다는 보고를 받았다.

"본성의 고수들에게 상선을 호위하라고 지시하게."

"얼마나 보내면 되겠습니까?"

"정예고수를 상선 각각에 백 명씩 태우고, 강가 북쪽에서는 만 명이 상선들을 따르도록 하게."

고천주 전익홍은 적잖이 놀랐다.

"만 명이나 보냅니까? 너무 많지 않겠습니까?"

하명웅은 진지한 표정으로 말했다.

"자넨 포구의 배들을 침몰시킨 것이 누구라고 생각하나?"

"그거야 영웅문 정예고수들이 아니겠습니까?"

"전광신수와 그 측근들일 거야."

전익홍은 적잖이 놀랐다.

"영웅문주가 그 일을 직접 했다는 겁니까?"

"이봐, 포구에서 우리 배들을 경계한 고수가 몇 명이라고 했었지?"

"천 명입니다. 그리고 포구 물속에서도 지켰습니다."

"그 삼엄한 경계를 뚫고 배들을 모조리 침몰시킬 수 있는 인물이 누구라고 생각하나?"

"아……."

"전광신수와 무정신수를 비롯한 측근쯤 돼야 그렇게 감쪽같이 일을 처리할 수 있었을 게야."

"음… 그렇군요."

전익홍은 자신보다 이십여 세나 어린 하명웅에게 이처럼 번번이 배우고 있다.

하명웅은 먼 하늘을 보며 말을 이었다.

"전광신수와 무정신수를 비롯한 측근들을 상대하는 데 본성의 정예고수 만 명이 많다고 여기는가?"

전익홍은 고개를 가로저었다.

"아닙니다."

　　　　*　　　　　*　　　　　*

　결과적으로 하명웅은 전광신수와 무정신수를 비롯한 측근들을 과소평가하는 결정적인 우를 범했다.

　하명웅은 오십삼 척의 상선 각각에 정예고수를 백 명씩 태우고, 북쪽 강둑에 만여 명을 줄지어 세워서 상선을 호위하며 따라가도록 하면 안전할 것이라고 예상했었다.

　경항대운하에서 장강으로 합류하는 지점의 강폭은 무려 오백여 장에 달해서 거의 바다처럼 드넓다.

　현재 강소성 전역에서 모여든 여의단의 상선 오십삼 척은 경항대운하를 줄줄이 빠져나온 이후 장강 북쪽에 가까이 근접하여 일렬로 늘어서 상류로 이동하고 있는 중이다.

　만약 영웅문 고수들이 장강의 남쪽에서 접근하려면 오백여 장에 달하는 강폭을 건너야만 할 것이다.

　여의단 상선에 타고 있는 천군고수들이 눈에 불을 켜고 있으므로 영웅문 고수들이 배를 타고 접근하는 것은 애초에 불가능한 일이다.

　하명웅은 진천룡 일행이 어풍비행을 전개하여 하늘에서 뚝 떨어질 수도 있다는 사실까지는 짐작하지 못했다.

　그러나 진천룡 일행은 그 방법을 사용하지 않았다. 아예 일찌감치 강물 속 바닥에 가라앉아서 귀식대법을 사용한 채 느굿하게 상선들을 기다렸다.

수심 십오 장 깊은 강바닥에 다섯 명이 가부좌 자세를 하고 얼굴을 하류로 향한 채 일렬로 앉아 있으며, 그들은 진천룡과 부옥령, 소정원, 종초홍, 화운빙이다.

현재 영웅문 전체로 치면 이들 다섯 명을 최고수로 꼽을 수가 있다.

이들을 단지 고강하다는 말로는 설명할 수가 없다. 극강이라고 해야 한다.

초범입성과 화경을 넘어 가히 절대고수라고 칭할 수 있다. 그래서 이들이 천군성의 삼엄한 경계 속에서 상선 오십삼 척을 침몰시키려고 온 것이다.

진천룡을 제외한 네 여자는 하나같이 십칠팔 세 어린 모습을 하고 있다.

종초홍은 원래 십칠 세지만 부옥령과 소정원, 화운빙은 사십 대에서 반로환동한 것이다.

그중에서도 화운빙은 선천적으로 구정혈맥을 타고났기에 공력이 가장 고강하다.

화운빙은 적잖이 흥분하여 가슴이 두근거려 가만히 앉아 있지 못했다.

진천룡이 그녀를 오랜만에 지목해서 데리고 나왔기 때문에 신바람이 난 것이다.

화운빙은 진천룡의 명령이 떨어지기만 하면 장강의 강물이라도 단숨에 다 마셔 버릴 정도로 기가 펄펄 살았다.

지난번에 진천룡이 종초홍과 소정원에게 부옥령이 얼마나 소중한 존재인지에 대해서 말하고 나서 그녀들의 태도가 눈에 띄게 달라졌다.

너희들 같은 여자가 아무리 많이 와도 부옥령하고 바꾸지 않는다는 말에 두 여자는 기가 팍 꺾였고 그때부터 부옥령에게 매우 고분고분해졌다.

강바닥은 질퍽한 진흙이지만 다섯 명은 빠지지도 않고 마치 거대한 바위처럼 꿈쩍도 하지 않았다.

또한 이들 다섯 명의 몸은 조금도 젖지 않았다. 몸 주위에 무형의 막을 쳤기 때문이다.

이들이 이곳 강바닥에 들어와서 자리를 잡고 앉은 지 이미 한 시진이 지났다.

여의단 오십삼 척의 상선들이 언제쯤 이곳을 지날지 대충 짐작은 하고 있지만 그래도 그보다 훨씬 일찌감치 와서 자리를 잡았다.

상선들이 오기 전에 천군성 정예고수들이 강둑이나 강상에서 삼엄하게 진을 치고 있을 것이기 때문에 그러기 전에 먼저 온 것이다.

부옥령과 화운빙은 고개를 들고 상선들이 오는지 뚫어지게 하류 쪽 수면을 주시하고 있다.

거대한 상선 오십여 척이 오게 되면 눈에 띄기 전에 물살을 가르는 음향이 먼저 감지될 것이다.

장강 하류에 속하는 이곳의 물은 그다지 맑지 않지만 절대 고수인 이들에겐 전혀 문제가 되지 않는다.

진천룡은 네 여자에게 전음을 보내 다시 한번 점검했다.

[일을 끝내고 나면 어디에서 만난다고 했느냐?]

종초홍이 얼른 대답했다.

[진강현 금룡각(金龍閣)이에요.]

[여기 일이 끝나면 기다리지 말고 각자 흩어져서 일미루에서 만나는 것이다.]

[알았어요.]

[주인님, 조심하세요.]

여자들이 한마디씩 하는데 부옥령이 단단한 목소리로 전음을 보냈다.

[배가 오고 있어요.]

그녀의 말에 화운빙과 소정원, 종초홍의 몸이 가볍게 움찔 떨렸다.

표정은 태연한 모습이지만 내심으론 긴장하고 있었던 것이 분명하다.

진천룡이 다시 주의를 시켰다.

[각자 한 척씩 맡는 거다. 다섯 척을 부수면 다음으로 이동하는 것이다.]

여자들이 고개를 끄떡였다.

여기에 오기 전에 부옥령을 제외한 세 여자에게 배의 밑창 어느 부위를 어떻게 뚫어야 쉽게 침몰하는지 구체적으로 잘 일러주었다.

다섯 명은 동시에 느릿하게 몸을 일으켰다가 진천룡이 선두로 전방을 향해 비스듬히 상승했다.

구우우…….

그렇게 오십여 장쯤 나아갔을 때 전방 수면에 거대한 물체의 밑부분이 모습을 드러냈다.

오십삼 척 상선들의 선두다.

웅웅웅…….

상선이 물살을 힘차게 가르며 전진하는 음향이 묵직하게 물속을 울렸다.

진천룡이 선두의 상선으로 빠르게 쏘아가자 부옥령과 소정원, 종초홍, 화운빙도 자신들이 맡은 다음 상선을 향해 물살을 가르며 쏘아 올랐다.

진천룡은 선두의 상선 밑바닥에 달라붙은 채 여자들이 각자 맡은 배 밑창에 달라붙기를 기다렸다.

네 여자가 상선 밑바닥에 붙은 것을 확인한 진천룡은 전음과 함께 밑바닥에 일장을 가했다.

[지금이다!]

퍼억!

퍼퍽! 퍼억! 퍼퍼퍽!

진천룡의 일장이 상선 밑바닥에 손바닥 다섯 개 크기의 커다란 구멍을 뚫은 것을 신호로 네 여자가 일장을 발출하는 음향이 물속을 울렸다.

　진천룡은 상선 밑바닥에서 떨어졌다가 후미 밑바닥에 다시 달라붙으며 일장을 가했다.

　퍼억!

　상선이 워낙 커서 최소한 앞뒤 두 군데에 구멍을 뚫어야지만 쉽게 가라앉을 것이다.

　진천룡이 선두 상선에서 떨어지는 것과 동시에 부옥령이 떨어져 나오고, 잠시 간격을 두고 소정원과 종초홍, 화운빙이 차례로 배에서 떨어졌다.

　슈우…….

　진천룡의 신호에 따라 네 여자는 다음 상선을 향해 빠르게 유영해 나갔다.

　　　　*　　　　*　　　　*

　오십삼 척의 상선 중에서 이십여 척의 밑바닥에 구멍을 뚫었을 즈음 선두의 상선들이 이상한 징후를 보였다.

　구구구우우…….

　배 밑창에 물이 차서 무거워지자 속도가 느려지면서 육중하게 가라앉기 시작한 것이다.

[서둘러라.]

진천룡은 전음으로 일행을 독려하면서 다섯 번째 상선 밑바닥에 구멍을 냈다.

퍼억!

상선이 기우는 것을 이상하게 여기고 천군고수들이 강물 속으로 뛰어들면 귀찮아진다.

마지막 열두 척을 남겨두었을 때 마침내 천군고수들이 강물 속으로 뛰어들었다.

파파꽉! 촤악!

그들은 뿌연 강물 속을 이리저리 유영하면서 살피다가 상선 밑바닥에서 나는 퍼억! 퍽! 하는 소리에 급히 모여들었다가 진천룡 등을 발견했다.

진천룡은 다음 상선으로 이동하면서 전음을 보냈다.

[호신강기로 몸을 보호하여 적을 상대하지 말고 일을 마저 마쳐라.]

진천룡은 될 수 있는 대로 천군성 사람들을 죽이지 않으려는 것이다.

진천룡 일행이 다음 상선으로 이동하고 있을 때 천군고수 수십 명이 그들에게 쏘아왔다.

그러나 진천룡 등은 그들을 보지 못한 듯 상선에 달라붙어서 일장을 발출했다.

어째서 꼭 밑바닥에 달라붙어야 하느냐면 그렇게 해야지만 배 밑창에 정확하게 손바닥 다섯 개 크기의 구멍을 뚫을 수 있기 때문이다.

멀리에서 마구 일장을 발출했다가 더 큰 구멍을 뚫거나 밑바닥이 부서지면 상선이 빨리 침몰할 것이고, 그러면 많은 인명 피해가 날 것 같기 때문이다.

그렇게 하는 것 역시 천군성 사람들을 죽이지 않으려는 의도인 것이다.

천군고수들이 가까이 쏘아오면서 무기를 뽑아 쥐고 공격을 퍼부었다.

카카칵…….

그러나 진천룡 일행 다섯 명의 두 자 이내로 접근하지 못하고 무기 역시 보이지 않는 무형의 벽을 때렸다.

호신강기를 가격한 천군고수들은 반탄력 때문에 손과 팔에 충격을 받고 놀라서 물러났다.

그사이에 진천룡은 마지막 자신이 맡은 상선의 밑바닥에 구멍을 뚫고 위로 솟구쳤다.

파아아!

진천룡은 네 여자를 도우려고 지체하지 않고 우선 혼자서 이곳을 벗어났다.

파앗!

두 번째로 부옥령이 장강 수면을 뚫고 허공으로 번갯불처럼 솟구쳐 올랐다.

네 여자는 잠시의 시간 차를 두고 차례로 수면 위로 솟구쳐 올랐다.

강물 속에 있던 천군고수들이 수면 위로 솟구쳤을 때에는 진천룡 일행이 이미 사라진 후였다.

천군고수들이 진천룡 일행을 찾느라 수면에서 두리번거리고 있을 때 상선들이 앞다투어 기울기 시작했다.

구우우…….

그때부터 난리가 벌어졌다. 오십삼 척의 거대한 상선들이 서서히 기울면서 침몰하자 상선에 탄 사람들이 앞다투어 강으로 뛰어내렸다.

저 멀리 장강 북쪽의 강둑에는 만여 명의 천군고수들이 길게 늘어서 있으나 강에서 벌어지는 일을 멀뚱하게 구경만 할 뿐이지 속수무책이다.

오십삼 척의 상선들이 모조리 침몰하고 난 뒤에는 수면에 수천 명 사람들이 둥둥 떠 있는데 그 광경이 마치 밥그릇에 물을 부어놓은 것 같았다.

*   *   *

진강현은 남경에서 동쪽인 장강 하류로 칠십여 리 떨어진 곳에 위치하고 있는 남경에 버금가는 큰 도읍이다.

진천룡은 네 여자와 만나기로 약속한 진강현 금룡각에 혼자 먼저 도착했다. 여의단 상선들을 침몰시킨 지점에서 여기까지는 삼십여 리다.

진천룡은 사람들 눈에 잘 띄는 트인 공간보다는 이 층의 객실을 달라고 해서 들어가 요리와 술을 주문했다.

진강현은 경항대운하가 지나는 곳이라서 매우 번화하고 사람이 많은 곳이다.

금룡각은 현수란의 십엽루 소유지만 진천룡은 내색을 하지 않고 평범한 손님처럼 술과 요리를 시켜서 먹었다.

창밖으로는 진강(鎭江)이 도도히 흐르고 있다. 진강과 장강이 합류하는 위치에 있는 현이 바로 진강현이다.

강을 바라보며 술을 마시고 있는 진천룡의 마음은 먹구름이 잔뜩 낀 것처럼 우울하고 답답했다.

얼마 전에 설옥군을 만나기 전까지만 해도 이런 답답한 마음은 아니었다.

그런데 설옥군을 만나서 서로 적대 관계가 된 이후부터 답답함과 우울함을 떨쳐 버릴 수가 없게 되었다.

하지만 부옥령이나 측근들과 같이 있을 때에는 절대 그런 내색을 하지 않았다.

그렇지 않아도 그들이 눈치를 보는데 그런 내색까지 하면 측근들이 불편할 것이기 때문이다.

그렇지만 지금처럼 혼자 있을 때에는 자연스럽게 설옥군이 생각났다.

"그래서 본계는 어찌 되었느냐?"

그때 낮으면서도 카랑카랑한 어떤 목소리가 진천룡의 고막을 울렸다.

그의 귓전으로 금룡각은 물론이고 주위의 온갖 소리들이 파도 소리처럼 들리고 있다.

그 수많은 소리 중에서 방금 들린 목소리가 뭔가 특이하게 여겨져서 그의 주의를 끈 것이다.

의기소침한 작은 목소리가 대답했다.

"전멸했습니다."

"어느 정도냐?"

"본계를 지키던 팔천 명 중에 삼천 명이 죽거나 다치고 오천이 본계를 버리고 간신히 도주했습니다."

'본계'라는 말이 진천룡의 흥미를 자극했다. 더구나 팔천 명이 지켰다면 거대한 방파가 분명하다.

그런 방파들 중에서 '본계'라고 부르는 곳은 천하에 요천사계밖에 없다.

第二百十三章

적의 적은 아군

순간 진천룡의 뇌리에 어떤 생각이 스쳤다.

'설마 천군성이……'

얼마 전에 천군성은 검황천문과 연합하러 왔던 요천사계와 마중천 정예고수들을 공격해서 큰 피해를 입혔었다.

살아서 도망친 자들은 절반 정도였으며 천군성은 추격하지 않았었다.

"음… 천군성 이놈들……."

진천룡의 의문에 대답이라도 하려는 것인지 상전인 듯한 여자의 목소리가 바들바들 떨렸다.

"수하들은 어디에 있느냐?"

"다들 본계에서 도주하면서 뿔뿔이 흩어져 있다가 얼마 전에야 겨우 천태산에 모였습니다."

천태산은 요천사계 본계에서 그리 멀지 않은 산으로 산이 거대하고 깊어서 숨기로 작정하면 찾아내는 일이 결코 쉽지 않은 곳이었다.

"천태산? 산중에서 무얼 하느냐?"

"무얼 하다뇨? 갈 곳이 없으니까 숨어 있는 거예요. 천군성에 걸리면 몰살당하니까요."

"음… 몇 명이나 되느냐?"

"칠천여 명이에요."

상전의 목소리가 높아졌다.

"조금 전엔 본계에서 도주한 수하가 오천이라고 말하지 않았느냐?"

보고하는 여자의 목소리에 울음기가 섞였다.

"절강성, 복건성 전역의 본계 지부와 분타들이 다 전멸했습니다. 그래서……"

말하자면 패잔병들이 이천여 명 더 모여서 칠천여 명이 됐다는 것이다.

상전의 목소리가 착 가라앉았다.

"으음… 먹을 것은 있느냐?"

"있을 리가 있겠습니까? 자그마치 칠천여 명입니다. 그런데도 계속 더 모여들고 있답니다."

"어째서 그렇지?"

"천군성이 곳곳에서 본계의 지부와 분타들을 박살 내고 있기 때문이에요."

"으음… 천군성 이놈들……!"

"방법은 둘뿐입니다."

"그게 뭐냐?"

"하나는 그들을 해산시키는 겁니다. 각자 알아서 가고 싶은 대로 가라는 것이지요."

"음."

"또 하나는 산을 내려와서 백성들이 사는 마을을 약탈하는 겁니다."

"약탈이라고 했느냐?"

"그렇게 하면 최소한 그들이 굶어 죽지는 않을 겁니다."

"으윽……! 그건 절대 안 된다……!"

"여황께서 왜 그러시는지 알지만… 그렇게 하지 않으면 그들은 산중에서 굶어 죽을 거예요."

보고자는 상전을 '여황'이라고 호칭했다. 진천룡에게서 멀지 않은 곳에 요천여황이 있는 것이다.

진천룡은 익숙한 부옥령의 기척을 감지하고 그녀에게 전음을 보냈다.

[령아, 오지 말고 밖에서 기다려라.]

부옥령을 오지 못하게 막고 진천룡은 여황이 보고자에게

묻는 걸 지켜보았다.

"너희는 어찌 되었느냐?"

"천군성의 공격에 절반 이상이 죽고 삼천여 명이 겨우 살아 남아 모산(茅山)에 숨어 있습니다."

보고자가 말하는 내용은 검황천문과 연합했다가 천군성에 공격당한 요천사계 요고수들 얘기인 것 같았다.

"거긴 모산파가 있지 않느냐?"

"우리가 모산파를 강제 점거 했습니다. 그러지 않고는 어떻게 해볼 방법이 없었습니다. 모산파에 있는 식량으로 버티고 있는데 길어야 닷새쯤 버틸 수 있을 겁니다."

"음."

모산파 이백여 명의 식량을 삼천여 명이 먹어대니까 며칠 버티지 못하는 것이다.

"그렇지만 그곳에서도 오래 머물지 못할 겁니다. 식량이 떨어지면 거길 떠나야 합니다."

"천군성에서는 너희가 모산에 있다는 사실을 아마 알고 있을 것이다."

"그럴 거라고 짐작합니다. 그러면서도 공격하지 않는 것은 우리를 그럴 가치가 없는 존재라고 여기는 것 같습니다."

"하아······."

여황이 내장을 다 쏟아낼 것 같은 긴 한숨을 토해냈다. 한때는 무림의 한 축을 담당하며 호령했었는데 어쩌다가 이런 신세가 된 것인지 한심하기 짝이 없다.

"아무런 방법이 없다는 말인가……."

보고자는 잠시 침묵을 지키다가 조심스럽게 입을 열었다.

"저… 이런 말씀을 드려도 될지……."

"뭐냐? 말해라."

"영웅문에 의탁하시는 것이 어떨지요?"

"뭐야?"

"모험이긴 하지만 지금으로선 그 방법 말고는……."

"네년이 찢어진 입이라고 감히 본좌 앞에서 그딴 헛소리를 지껄이는 게냐?"

"고정하십시오."

"으음……!"

보고자는 여황의 분노를 무릅쓰고 조곤조곤한 말투로 설명을 했다.

"영웅문은 끝내 검황천문을 괴멸시켜서 장악했습니다. 그렇게 될 것이라고 아무도 예상하지 못했지만 그렇게 돼버렸습니다. 그러니 이제 누가 뭐라고 해도 영웅문은 명실공히 강남의 절대자가 된 것입니다. 강남에서 영웅문을 거스르면 살아남을 수 없습니다."

여황은 잠자코 듣기만 하는 것 같았다.

진천룡은 문 쪽을 쳐다보았다. 지금쯤 종초홍이나 소정원, 화운빙이 올 때가 넘었는데도 이 방에 오지 않는 것을 보니 밖에서 부옥령이 제지한 모양이다.

보고자의 말이 이어졌다.

"영웅문은 검황천문과는 수차례 싸우고 나서 끝내 장악했지만 그럼에도 본격적으로 본계를 공격한 적은 없습니다."

여황이 차갑게 말했다.

"영웅문은 본계 복건요부를 짓밟았었다."

요부란 요천사계의 지부를 가리키는 명칭이다.

"그것은 복건요부가 취봉문이 상납하는 돈을 가로챘었기 때문이었습니다. 취봉문은 영웅문 휘하입니다."

"알고 있다."

보고자의 목소리가 차분해졌다.

"본계는 영웅문이 복건요부를 짓밟은 것을 복수하려고 검황천문과 연합을 했지만, 사실 지금 와서 생각하면 그건 무리였습니다. 본계는 잠자는 호랑이 코털을 뽑은 거지요."

보고자의 말이 조목조목 맞는 터라 여황은 입을 꾹 다물고 있는 것 같았다.

"천군성은 천하대계를 개시했습니다. 그렇기 때문에 필연적으로 영웅문과 싸우게 될 것입니다."

"그래서 본계가 영웅문에 의탁한다는 것이냐?"

"그렇습니다. 영웅문을 도와서 천군성과 싸우면 복수를 할 수 있으며 갈 곳 없는 본계 수하들의 거처가 생깁니다."

여황의 쓸쓸한 목소리가 뒤를 이었다.

"그런다고 영웅문이 우리를 받아줄 것 같으냐? 잊었느냐? 우린 세상이 멸시하는 요계라는 사실을 말이다."

"그래도 본계의 수하들이 산중에서 굶어 죽기를 그저 기다리기 보다는 영웅문에 간청이라도 해봐야 하는 것 아닙니까?"

보고자는 거의 애원에 가까운 항의를 했다.

쾅!

"앗!"

"뭐냐?"

바로 그때 문이 부서지는 소리와 함께 앙칼지고 다급한 외침이 터졌다.

그와 동시에 진천룡은 문을 박차고 달려 나갔다.

콰창!

요천여황과 요마대랑은 느닷없이 문이 부서지며 괴한들이 쏟아져 들어오자 그 즉시 몸을 날려 주루의 창을 부수고 밖으로 쏘아나갔다.

두 여자는 무인들이 즐겨 입는 경장 차림이 아닌 평범한 여인의 복장과 모습으로 변장을 하고 있었다. 그로 미루어 숨어서 다니고 있다는 것을 짐작할 수 있다.

창밖은 바로 진강이고 강폭이 오십여 장이나 되므로 두 여자는 강을 오가고 있는 여러 척의 배들 중에서 어느 배를 향해 쏘아 내렸다.

두 여자가 방금 뛰쳐나온 창을 통해서 줄줄이 수십 명의 고수들이 강을 향해 날아 내렸다.

두 여자는 지나가던 유람선에 내려섰다. 그러자 거길 향해 고수들이 새카맣게 날아갔다.

강에는 크고 작은 배들이 수십 척 떠 있기 때문에 추격하는 고수들이 그 배들을 징검다리 삼아서 두 여자가 있는 배로 가는 것은 어렵지 않았다.

그런데 공교롭게도 두 여자가 탄 배에서 강 건너까지는 징검다리 역할을 해줄 배가 한 척도 없었다.

강 건너까지는 삼십여 장이나 남았으며, 더구나 병풍처럼 깎아지른 절벽이라서 설사 날아서 건넌다고 해도 발 디딜 만한 곳이 없다.

"어떻게 하죠?"

보고자 즉, 요마대랑이 요천여황과 추격자들을 번갈아 보면서 초조하게 말했다.

요천여황은 강을 건너는 일에는 더 이상 관심을 두지 않고 허공을 새카맣게 덮은 채 날아오는 추격자들을 쏘아보며 입술을 잘근 깨물었다.

"저자들, 천군성이 틀림없겠지?"

"그럴 겁니다. 영웅문은 본계를 괴롭히지 않습니다."

요천여황이 재빨리 훑어보니까 추격자는 삼십여 명쯤 되는 것 같았다.

여황은 차갑게 내뱉었다.

"싸우자."

"알겠습니다."

말과 함께 두 여자는 품속에서 짧은 소검(小劍)을 꺼내 손에 움켜쥐고 공력을 끌어올리면서 쇄도하는 추격자들을 쏘아보았다.

그런데 쇄도하는 추격자들이 전개하는 경공술을 보니까 일류 중에서도 특급에 속하는 자들이 분명하다.

저 정도 고수라면 요천여황이라고 해도 열 명까지는 어떻게든 해보겠지만 그 이상은 무리일 것 같다.

여황이 저들 열 명도 팽팽하게 싸울 수 있다는 것이지 죽일 수 있다는 뜻이 아니다.

사실 지금 공격하고 있는 천군고수들은 천군성 서천 휘하의 정예고수들이다.

요천여황 정도라면 서천고수 칠팔 명을 여유 있게, 십여 명은 어렵사리 상대할 수 있을 것이다.

요천여황과 요마대랑은 자신들이 이 싸움에서 살아날 가망이 희박하다는 사실을 직감했다.

요마대랑은 분노와 슬픔이 한꺼번에 울컥 치밀었다.

"이렇게 죽는 것은 너무 억울합니다……!"

요천여황은 입을 굳게 다문 채 아무 말도 하지 않았다. 그녀도 이 싸움에서 자신들이 죽을 것이라는 사실을 직감하기 때문이다.

그때 요마대랑의 얼굴이 잿빛이 됐다.

"저기……."

그녀가 가리킨 곳은 조금 전에 나온 금룡각이었다.

그곳에서는 더 많은 고수들이 쏟아오고 있었다. 모두 합치면 칠팔십 명은 될 것 같았다.

조금 전까지는 기적이 일어나야지만 두 목숨 간신히 살아날까 말까 할 지경이었는데, 이제는 천지개벽의 기적이 일어나지 않고는 살아날 가망이 없는 처지에 이르렀다.

"빌어먹을……."

여황은 쥐고 있는 소검을 아래로 축 늘어뜨렸다. 싸우고 싶은 마음이 한 움큼도 생기지 않았기 때문이다.

여황의 얼굴이 창백한 절망으로 뒤덮였고 두 눈에는 눈물이 스며들었다.

"제기랄… 저놈들 칼에 죽기 싫다. 그냥 우리 스스로 목숨을 끊자."

여황이 소검을 자신의 목으로 가져가자 요마대랑이 재빨리 그녀의 팔을 잡았다.

"언니!"

전대 요천여황인 자염빙에게는 네 명의 딸이 있으며 그녀들을 사대요후라고 부른다. 그녀들 중에 셋째가 여황이고 넷째가 요마대랑이다.

"영(瑛)아……."

요마대랑 고은영(高恩瑛)은 뒤쪽 강물을 돌아보았다.

"언니, 강에 뛰어들어요."

여황 고선빈(高鮮彬)은 강을 돌아보며 착잡하게 중얼거렸다.

"강물에 뛰어든다고 해서 저들이 추격하지 않을 것 같으냐? 물속에서 싸우면 우리가 더 불리하다."

둘이 티격태격하는 사이에 추격자들은 오 장 거리로 가깝게 쇄도해 오고 있다.

그런데도 여황 고선빈은 결정을 내리지 못하고 입술만 바싹바싹 탔다.

고은영은 소검을 움켜쥔 손을 힘껏 앞으로 내밀면서 단호하게 외쳤다.

"나는 싸울 거예요!"

지척까지 쇄도한 천군성 서천고수 수십 명이 한꺼번에 두 여자에게 소나기처럼 덮쳐왔다.

콰아아앗!

두 여자의 얼굴에는 절망이 가득 드리워졌다.

그 순간 공격하는 서천고수들 뒤쪽에서 그들을 뚫고 한 줄기 바람이 두 여자를 휩쓸었다.

슈아앗!

"아……."

두 여자는 자신들에게 무슨 일이 벌어지는지도 모른 채 그저 몸이 둥실 떠오르는 것만 느꼈을 뿐이다.

그런데 그녀들을 공격하던 서천고수들이 일제히 뒤로 썰물처럼 물러나는 것이 아닌가.

"……."

두 여자는 순간적으로 멍해졌다. 어째서 서천고수들이 저렇게 바삐 물러나는 것인지 모를 일이다.

그런데 그들의 자세가 뭔가 이상했다. 검을 치켜들고 앞으로 덮쳐가면서 공격하는 자세를 취하고 있지 않은가.

＊   ＊   ＊

그렇다. 천군성 고수들은 물러나는 것이 아니라 계속 공격을 하고 있는 중이다.

그 순간 고선빈과 고은영은 동시에 한 가지 사실을 번쩍 깨달았다.

적들이 물러나는 것이 아니라 사실은 자신들이 빠르게 물러나고 있는 것이었다.

두 여자는 움찔 놀라서 서로를 쳐다보다가 소스라치게 경악하고 말았다.

"아앗!"

"꺄악!"

고선빈은 요천여황이라는 체통도 없이, 요마대랑은 오십이 세라는 나이를 잊고 목청껏 비명을 내질렀다.

두 여자가 본 것이 언니와 동생이 아닌 다른 누군가의 단단하고 넓은 상체였기 때문이었다. 두 여자 사이에 누군가의 등이 가로놓여 있는 것이다.

그녀들이 소스라치게 놀라서 발작하려고 할 때 조용하지만 묵직한 남자의 목소리가 고막을 울렸다.

"여기에서 그대들이 발작을 일으킨다면 우리 셋 다 죽고 말 테니 마음대로 하시오."

"……!"

그 순간 두 여자는 번개가 뇌리를 관통하는 것처럼 한 가지 분명한 사실을 깨달았다.

'맙소사! 우린 구출된 거야!'

두 여자는 이 꿈같은 일이 도저히 믿어지지 않았다. 촌각 전까지만 해도 그녀들은 태풍 앞에 놓인 촛불처럼 절망적인 상황이었는데, 지금은 그것이 꿈인 양 절망의 장소로부터 저만치 멀어지고 있는 것이다.

고선빈은 고개를 돌려서 자신들을 구한 사람이 누군지 보려고 했으나 뜻을 이루지 못했다.

신비의 그 사람이 양팔로 그녀들의 팔을 완고하게 붙잡고 있기 때문에 고개가 반밖에 돌아가지 않아서 넓은 등밖에 보이지 않았다.

공격하던 천군성 서천고수들은 저 멀리 강의 배 위에 모여

서서 닭 쫓던 개 꼴을 하고 있는 모습이 보였다.

두 여자는 자신들의 발아래로 시퍼런 강물이 계속 앞으로 밀려가고 있는 것을 보고 어안이 벙벙했다.

문득 그녀들은 강 건너에 깎아지른 수십 장 높이의 절벽이 있다는 사실을 기억해 냈다. 지금 그녀들은 절벽을 향해서 가고 있는 것이다.

그런데 그때 갑자기 그녀들은 몸이 위로 붕 떠오르는 것을 느꼈다.

"아아……."

마치 천상으로 불쑥 솟구치는 느낌이라서 심장이 덜컥 떨어지는 것 같았다.

그제야 두 여자는 자신들을 양팔에 끼고 구출한 신비인이 삼십여 장 넓이의 강을 건넌 데다 그것으로도 모자라서 절벽을 따라 상승하고 있다는 사실을 깨달았다.

'아아… 말도 안 돼…….'

'어떻게 이런 일이…….'

그녀들이 경악에 경악을 더하여 졸도하기 직전에 신비인이 어딘가에 가랑잎처럼 사뿐히 내려섰다.

스읏…….

그와 동시에 신비인은 잡고 있던 두 여자의 팔을 놓아주었다.

"이제 됐소."

"아……."

"앗!"

그러자 두 여자는 쓰러질 듯이 크게 비틀거렸다.

그녀들은 낭떠러지 끄트머리에 서 있는데 신비인이 손을 놓으니까 낭떠러지 아래로 고꾸라질 뻔한 것이다.

척!

신비인이 두 손으로 그녀들의 팔을 가볍게 잡아주었다.

두 여자는 간이 뚝 떨어졌다가 다시 붙은 것 같은 표정을 지으며 신비인 즉, 진천룡을 쳐다보았다.

그녀들은 한 번도 진천룡을 본 적이 없으므로 그가 누군지 알지 못했다.

다만 웬 준수한 청년이 담담한 표정으로 자신들을 보고 있다고만 생각할 뿐이다.

고선빈과 고은영은 홀린 듯한 표정으로 진천룡을 하염없이 바라보았다.

진천룡이 잘생겼기 때문이 아니다. 절망적인 위기에 빠진 그녀들을 그가 구해주었기 때문이다.

고은영이 먼저 나직하게 탄성을 터뜨렸다.

"아아……! 공자께서 저희를 구하셨군요……!"

그녀는 진천룡이 두 여자를 양손으로 잡고 무려 삼십여 장의 강을 날아서 건너 이십여 장 높이의 절벽 위까지 단숨에 올랐다는 사실을 알기에 매우 공손했다.

고은영이 말하는 동안 고선빈은 조심스럽게 진천룡의 전신을 살펴보았다.

진천룡은 절벽 아래 멀리 강에 떠 있는 여러 척의 배에 나누어 탄 천군고수들을 굽어보았다.

이곳에서 천군고수들이 있는 곳까지의 거리는 줄잡아 오십여 장 정도. 이 정도 거리는 공력을 사용하면 서로 상대가 누군지 잘 보였다.

그렇지만 진천룡을 본 적이 없기는 천군고수들도 마찬가지라서 그를 가리키면서 자기들끼리 뭐라고 수군거릴 뿐이지 뾰족한 수가 없다.

슥—

진천룡은 몸을 돌려 말없이 반대쪽 잡목 숲으로 걸어갔다.

그러자 두 여자는 깜짝 놀라 서로의 얼굴을 쳐다보았다.

두 여자는 이런 상황에서 자신들이 어떻게 해야 하는지 갈피를 잡지 못했다.

고은영은 어쩌면 좋으냐는 표정으로 고선빈을 보면서 결정을 재촉했다.

고선빈으로서는 고민이고 자시고 할 이유가 없다. 모든 일이 막바지에 몰린 그녀가 찬밥 더운밥을 가리겠는가.

두 여자는 다급히 진천룡의 뒤를 따라가며 외쳤다.

"이봐요! 기다려요!"

진천룡은 잡목 숲 속을 천천히 걸어가면서 뒤돌아보았다.

"내게 볼일이 있소?"

"우리 목숨을 구해주셨으니⋯⋯."

고은영이 말하는데 고선빈이 손을 들어 만류하면서 자신이 대신 말했다.

"우리를 왜 구한 건가요?"

생명의 은인에게 할 말은 아니지만, 고선빈은 진천룡이 자신들을 구한 목적이 있을 것이라고 짐작한 것이다.

진천룡은 느긋하게 뒷짐을 지고 봄바람처럼 훈훈한 미소를 지으며 말했다.

"나는 그대들의 옆방에서 혼자 술을 마시고 있었소."

그 말은 몇 개의 뜻을 함축하고 있다.

그녀들이 하는 말을 다 들었기 때문에 그녀들이 누군지, 지금 어떤 상황에 처했는지를 잘 알고 있다. 그런데도 그녀들을 구한 것이다.

고선빈이 날카로운 눈빛으로 물었다.

"우리가 누군지 알고 있나요?"

"그대는 요천여황 고선빈이고, 이쪽은 요마대랑 고은영이 아니오?"

옆방에 있는 두 여자의 대화를 들은 것만으로는 그녀들의 이름까지 알 수가 없다. 그런데도 이름을 안다는 것은 뭔가 심상치가 않다.

고선빈이 여차하면 출수할 것 같은 사나운 얼굴로 물었다.

"당신은 누구지? 무슨 목적으로 우리에게 접근한 것이냐?"

진천룡은 조금 어이없는 표정을 지었다가 가볍게 고개를 저으며 몸을 돌렸다.

"됐소. 없던 일로 합시다."

"어딜 가는 거예요?"

고선빈이 번쩍 신형을 날려서 진천룡의 머리 위를 날아 넘어 그의 앞에 내려서며 가로막았다.

고은영은 그녀를 제지해야 한다고 생각했지만 늦었다.

진천룡은 앞에 선 고선빈을 보며 담담하게 말했다.

"내가 그대들에게 무슨 잘못을 했소?"

너희들을 살려준 것이 잘못이냐는 뜻이다.

고선빈은 흠칫했다. 자신의 행동이 과격했음을 깨달았다.

"까딱하면 날 죽이겠구려."

그 말에 고선빈은 입이 열 개라도 할 말이 없는 얼굴로 쩔쩔맸다.

"그대들이 아직은 죽어야 할 때가 아닌 것 같아서 구해준 것뿐이오. 그런데 잘못 생각한 것 같소."

구해주지 말 것을 괜히 구해주었다는 뜻이라서 고선빈과 고은영은 착잡한 표정으로 어쩔 줄 몰랐다.

진천룡은 귀찮은 표정을 노골적으로 떠올리며 어깨를 으쓱해 보였다.

"더 할 말이 있소?"

고선빈은 자신이 실수를 했으나 인정하고 싶지 않아서 입술을 잘근잘근 깨물며 가만히 있었다.

그 대신 고은영이 진심 어린 표정으로 두 손을 앞에 모으고 고개를 숙였다.

"입이 열 개라도 할 말이 없어요. 잘못했어요."

"그럼 무릎을 꿇어야지."

그때 어디선가 차가운 목소리가 낭랑하게 울렸다.

고선빈, 고은영이 움찔 놀라서 급히 주위를 둘러보자 허공에서 몇 개의 흐릿한 인영이 내리꽂히는가 싶더니 어느새 진천룡 좌우에 내려섰다.

고선빈과 고은영은 갑자기 나타난 네 명의 여자 때문에 적잖이 놀라서 바싹 긴장했다.

네 여자를 재빨리 살피던 고은영의 시선이 화운빙에게 머물며 눈빛이 가볍게 흔들렸다.

"당신은?"

요마대랑인 고은영은 복건성의 패자 취봉문 취봉삼검 중에 일검이었던 화운빙을 알아본 듯 고개를 갸웃거렸다.

그러나 고은영이 알고 있는 취봉문의 화운빙은 사십 대 초반의 나이였는데 눈앞에 있는 사람은 십칠팔 세에 불과해서 그저 닮은 사람인가 보다 하고 말았다.

조금 전에 말했던 부옥령이 고선빈, 고은영을 보고 냉랭하게 말을 이었다.

"잘못했으면 무릎을 꿇고 빌어야지."

고선빈과 고은영은 부옥령의 말을 인정하지만 그녀의 명령하는 듯한 말투에 은근히 배알이 뒤틀렸다.

"그대는 누군가요?"

요마대랑이 공손한 것은 여기까지다. 그녀는 만약 부옥령이 계속 까칠하게 나온다면 똑같이 상대하리라 마음먹었다.

부옥령은 말을 에둘러서 하고 싶지 않았다. 확 까놓고 얘기해서 아니면 아니고 만일 의기투합한다면 한편이 되는 것이라고 생각했다.

부옥령은 옆에 의젓하게 서 있는 진천룡을 공손히 가리키며 말했다.

"이분은 영웅문주이시다."

"……."

고선빈과 고은영은 내리꽂히는 번갯불에 정수리를 강타당한 표정이 되었다.

두 여자는 진천룡이 어째서 조금 전에 자신들을 안고 삼십여 장 너비의 강과 이십여 장 높이의 절벽을 단번에 날아서 오를 수 있었는지를 이제야 이해했다.

그래서 눈을 부릅뜨고 입을 벌린 채 혼비백산한 얼굴로 진천룡을 바라볼 뿐 아무 말도 하지 못했다.

그녀들의 머릿속은 헝클어진 실타래처럼 마구 뒤엉켜진 채 한동안 경악하는 표정만 지을 뿐이다.

부옥령이 조용히 말했다.

"주군께서 왜 너희를 구하셨을 것 같으냐?"

아까 부옥령도 금룡각 밖에서 고선빈과 고은영의 대화를 다 들었다.

부옥령은 손을 저었다.

"그걸 모르겠으면 당장 떠나라. 무릎은 꿇지 않아도 된다."

떠나라는 말에 고선빈은 정신이 번쩍 들었다. 그녀는 앞뒤 가릴 것 없이 그 즉시 주저앉듯이 무릎을 꿇고 이마를 바닥에 조아렸다.

깜짝 놀란 고은영이 그 옆에 따라 부복하는 것을 기다리지 못하고 고선빈은 떨리는 목소리로 말했다.

"저와 요천사계를 거두어주세요……!"

고은영은 금룡각에서 영웅문 휘하에 들어가자는 의견을 꺼냈고, 고선빈은 그게 가능하겠느냐면서 회의적이었다.

고선빈, 고은영 자매로서는 사실 막바지에 몰려 있다. 여기에서 거절당한다면 그녀들로선 요천사계를 해산하는 것 외에 달리 방법이 없다.

고씨 자매는 진천룡이 어째서 자신들을 구했는지 이제야 알 것 같았다.

두 여자는 한동안 부복한 자세로 고개를 숙이고 있는데 아무 소리도 들리지 않아서 고선빈이 조심스럽게 고개를 들고 앞을 쳐다보았다.

그런데 아무도 없고 그녀들만 무릎을 꿇고 있지 않은가.

두 여자가 의아한 얼굴로 두리번거리고 있을 때 부옥령의 전음이 들렸다.

[무얼 꾸물거리는 것이냐? 냉큼 따라오지 않고.]

고씨 자매는 놀라서 발딱 일어나 급히 목소리가 들려온 곳으로 달려갔다.

*   *   *

둘은 황급히 부옥령을 쫓아 진강현 내의 천추각 소유인 어느 장원 안으로 들어갔다.

두 사람이 장원 안으로 들어오자 부옥령이 높낮이 없는 목소리로 질문했다.

"요고수들이 모여 있는 곳이 절강성의 천대산이라고 했느냐?"

고은영은 서두르지 않고 조심스럽게 대답했다.

"그렇습니다."

"몇 명이나 되느냐?"

"지금쯤 만여 명 정도 모였을 겁니다."

부옥령이 바닥에 무릎을 꿇고 있는 고씨 자매에게 이것저것 묻고 있는 동안 진천룡을 비롯한 네 여자는 탁자에 둘러앉아 있었다.

진천룡은 부옥령과 고씨 자매에겐 별 관심이 없는지 소정원과 종초홍이 부어주는 술과 안주를 느긋하게 받아먹고 있다.

부옥령은 잠시 생각하다가 고씨 자매에게 다시 물었다.

"천대산에 있다는 요고수들 무위가 어느 정도냐?"

"일류는 이천 정도이고 나머지는 이류와 삼류입니다."

"모산파는?"

"삼천 전부 일류입니다."

第二百十四章

정요당(正妖堂)

요천사계 요고수들이 쓸모가 있느냐 없느냐를 떠나서 당장 갈 곳이 없다는 사실이 문제다.

요천사계를 해산하면 간단할 것 같지만 그게 결코 쉬운 일이 아니다.

요고수들은 어느 누구 할 것 없이 어렸을 때 납치를 당했으므로 이제 와서 연고 같은 게 있을 리가 없어 요천사계가 해산을 한다고 해도 돌아갈 곳이 마땅하지가 않다.

요고수들은 짧게는 십오 년에서 길게는 삼십여 년까지 고향 집을 떠나서 살았기에 해산을 한다고 해도 돌아갈 길이 막막하다는 것이다.

그들은 한두 살 때 납치됐으므로 고향이나 가족에 대한 기억이 전혀 없다.

그리고 더 중요한 것은 요천사계에는 납치해 온 어린아이들에 대한 기록이 아예 남아 있지 않다는 사실이다.

그것은 처음부터 그들을 납치해서 돌려보낼 생각이 없었다는 뜻이다.

그러므로 현재 만천여 명에 달하는 요고수들 중에서 무사히 집으로 돌아갈 수 있는 사람은 채 일 할에도 미치지 못할 것이다.

고선빈과 고은영은 세 살 차이의 자매다. 언니 고선빈이 오십오 세, 동생 고은영이 오십이 세다. 그렇지만 요마공을 연공한 덕분에 삼십 대로 보인다.

고씨 자매는 진천룡의 수하가 되기로 맹세했기 때문에 태산 같은 짐을 벗어놓은 기분이다.

그런 한편으로는 그다지 쓸모가 없는 요고수를 만천여 명이나 떠안겨서 미안하기도 했다.

"그럼 일류가 오천 명이라는 건가?"

부옥령의 중얼거림에 고씨 자매는 더럭 뭔지 모를 불안함을 느꼈다.

"그… 렇습니다."

"그런데 너희들의 일류라는 기준이 뭐지? 영웅문의 일류고수하고 일대일로 싸우면 팽팽하다는 것이냐?"

"그게 아니라… 무림에서 일류를 말하는 겁니다… 네……."

부옥령은 팽팽하게 물고 늘어졌다.

"네 말은 무림의 일류고수와 영웅문의 일류고수가 다르다는 뜻이냐?"

"그… 그렇습니다."

말은 주로 고은영이 했다. 고선빈은 무릎을 꿇은 채 두 손을 무릎에 얹고 고개를 숙인 모습으로 움직이지 않았다.

아마도 그녀는 아주 오랫동안 이런 자세를 취해보지 않았을 것이다.

"어떻게 다르냐?"

"영웅고수가 무림의 일류고수보다 반수 정도 고강하다는 것이 정설입니다."

"그래?"

"다들 그렇게 말합니다."

고은영은 용기를 내서 말했다.

"영웅고수들 때문에 무림의 기준을 새로 고칠 수는 없지 않겠습니까?"

그것은 당연한 일이다.

부옥령은 고씨 자매를 눈 아래로 보며 물었다.

"요계에는 정예가 있다고 들었다."

"요마정수(妖魔精手)라고 합니다."

"얼마나 있느냐?"

"원래 삼백 명이었는데 지금은 백여 명 정도 남았습니다."

"그들의 실력은 어느 정도냐?"

고은영은 자신 없는 표정을 지었다. 그도 그럴 것이 영웅문은 어느 방면에서도 최고, 최강이기 때문에 그 앞에 명패를 내놓기가 부담스럽기 때문이다.

"영웅고수하고 비교하면 어떨 것 같으냐?"

"그건……"

고은영은 영웅고수가 요마정수하고 싸워서 어떤 결과가 났는지에 대한 보고를 받은 적이 있었다.

"일 대 삼이었습니다. 영웅고수 한 명당 요마정수 세 명이 싸워야지만 팽팽했어요."

부옥령은 고개를 끄떡였다.

"그 영웅고수를 우리는 칠천 명 정도 보유하고 있다."

"……!"

고선빈과 고은영은 눈을 휘둥그렇게 떴다. 그렇다면 영웅문은 요천사계의 요마정수 정도 정예를 이만천 명 보유하고 있다는 뜻이다.

요천사계는 최고의 정예고수 요마정수 삼백 명을 갖고서도 무림에서 떵떵거리며 활보했었다.

부옥령의 말은 거기에서 끝나지 않았다.

"본문에서는 일반고수들을 영웅고수라고 부른다. 그 위에 정예라고 부르는 고수가 천 명쯤 있지."

고씨 자매는 질린 듯한 표정으로 아무 말도 못 했다.

"정예 위에 최정예가 백오십 명 있고 그들을 영웅호위대라 칭하지. 그리고 그 위가 바로 우리들이다."

부옥령은 엄지손가락을 세워 종초홍과 소정원, 화운빙을 슥 가리켰다.

"여기엔 없지만 이십여 명쯤 된다."

고은영은 숨을 들이쉬었다가 부옥령을 보며 조심스럽게 물었다.

"당신이 무정신수인가요?"

"그렇다."

"지금 모습이 본모습인가요?"

"뭐?"

부옥령은 고은영의 당돌한 물음에 어? 하는 표정을 지었다가 고개를 젖히고 파안대소했다.

"아하하하하!"

그녀는 웃음을 그치고 차분하게 말했다.

"상상에 맡기겠다."

그때 진천룡이 조용한 목소리로 말했다.

"그만해라."

"네."

부옥령은 명랑하게 대답하고 고씨 자매에게 말했다.

"일어나라."

고씨 자매가 의아한 표정을 짓자 부옥령은 탁자의 빈자리를 가리켰다.

"저기에 앉아라."

고씨 자매는 어리둥절해져서 혹시 자신들에게 이상한 벌을 내리려는 것이 아닐까 오해했다.

"그냥 무릎을 꿇고 있겠어요."

"주군께서 다 같이 식사하자고 그러시는 거다."

"…네?"

고씨 자매는 말귀를 알아듣지 못하고 어리둥절한 표정을 지었다.

부옥령은 진천룡 옆에 똑바로 앉으면서 그를 보며 상냥하게 말했다.

"주군께선 식사 시간을 넘기는 것을 싫어하신다."

그런데도 고씨 자매는 어리둥절한 표정이다.

"주군께선 식사 시간에 누군가 무릎을 꿇고 있는 것을 싫어하시고, 다 함께 식사하는 것을 좋아하신다."

"아……."

고씨 자매는 복잡한 표정을 지었다.

이번에는 진천룡이 빈자리를 가리켰다.

"앉으시오."

"아……."

고씨 자매가 쩔쩔매자 부옥령이 진천룡에게 말했다.

"주군, 이 여자들에게 하대하셔도 돼요."

"그러지 않겠다."

"이유가 뭔가요?"

진천룡은 고씨 자매를 쳐다보았다.

"이들은 아마 너보다 나이가 많을걸?"

부옥령은 찔끔하는 표정으로 진천룡을 살짝 흘겼다.

진천룡은 머뭇거리고 있는 고씨 자매에게 다시 한번 앉기를
권했다.

"앉으시오."

고씨 자매는 반드시 앉아야만 할 상황이라는 것을 깨닫고
조심스럽게 진천룡 맞은편에 나란히 앉았다.

진천룡이 엷은 미소를 지으며 나직한 목소리로 물었다.

"몇 살이오?"

고씨 자매는 진천룡이 나이를 불쑥 물을지 몰랐기에 약간
당황했다.

"저는… 오십오 세입니다."

"저는 오십이 세예요."

"부친이 고은산이오?"

"아……."

고씨 자매는 목을 바늘로 찔린 듯한 표정을 지었다.

고씨 자매는 네 명이며, 맏딸과 둘째는 다른 아버지에게서
태어났으며, 셋째와 막내는 고은산이 부친이다.

강호에는 한남고동(韓南高東)이라는 말이 떠돌고 있다.

한남은 전대 요천여황인 자염빙을 부르는 별칭으로, 그녀의 원래 성이 한(韓)이며 남(南)쪽 지방의 명문가 출신이라서 한남이라고 했다.

그리고 고동은 동쪽에서 온 고은산(高銀山)이라는 남자를 가리키는 별칭이었다. 고씨 성의 남자가 동쪽에서 왔다는 뜻이다.

이십이 세의 꽃다운 처녀였던 자염빙은 그 당시에 강호에 신선한 돌풍을 일으키고 있던 젊고 준수한 청년 고수였던 장백파의 대제자인 고은산을 만났다.

두 사람은 첫눈에 서로에게 반해서 며칠 지나지도 않아서 활화산처럼 뜨거운 사랑에 빠져 버렸다.

그때부터 두 사람은 연인이 되어 어디를 가더라도 그림자처럼 떨어지지 않고 꼭 붙어 다녔다.

고선빈과 고은영은 바로 그 고은산의 딸인 것이다.

"네."

고선빈이 작은 소리로 대답하자 진천룡은 가볍게 고개를 끄떡였다.

"나는 작년에 고은산을 만났었소."

고씨 자매는 놀라는 표정을 지었다.

"내 짐작으로 그대들의 모친은 고은산에게 딸의 존재를 말하지 않은 것 같소만."

"네……."

"만약 고은산이 그대들의 존재를 알았다면 절대 가만히 있지 않았을 것이오."

표정으로 보아하니 고씨 자매는 부친에 대해서 알고 있었던 것 같았다.

진천룡은 그 얘긴 그쯤에서 그만두기로 했다.

"요고수들 일류는 추려서 여기 본문 남경지부로 보내고, 나머지는 영웅문으로 가라고 하시오."

그의 말에 고씨 자매는 기쁘면서도 의아한 표정을 지었다.

"본문 남경지부가 어딘가요?"

부옥령이 일러주었다.

"검황천문을 본문 남경지부로 삼았다."

"아……."

그때 문이 열리고 하녀들이 요리를 갖고 들어왔다.

고선빈과 고은영은 서로의 얼굴을 쳐다보았다. 방금 진천룡의 명령에 대한 의견을 눈빛으로 교환하는 것이다.

고은영이 공손히 말했다.

"본계의 고수들이 워낙 약해서 도움이 되려는지 모르겠군요."

"영웅문을 공격하려고 했던 고수들이니까 그다지 약하지 않을 것 아니오?"

"……."

요천사계가 마중천, 검황천문과 연합하여 영웅문을 공격하러 갔었던 일을 말하는 것이다.

고씨 자매로서는 입이 열 개라도 할 말이 없다.

하녀들이 커다란 탁자에 술과 요리들을 가득 차렸다.

부옥령이 진천룡에게 철철 넘치도록 술을 따르면서 넌지시 물었다.

"본문 내문에 당 하나를 만드는 것이 어떨까요?"

진천룡은 고개를 끄떡였다.

"그렇게 해."

고씨 자매는 자신들이 영웅문 내문 휘하로 들어가는 것이라고 짐작했다.

어느 방파나 문파든 내문이나 내당에 소속된 조직은 내부의 일을 전담한다.

전문이나 전각을 지키고 아녀자들을 호위하며 잡다한 잡무를 보는 것이다.

"주군, 외람되오나……."

고은영이 조심스럽게 말하는 것을 진천룡이 잘랐다.

"그대가 말하시오."

그가 턱으로 가리킨 사람은 고선빈이다.

고선빈은 움찔했다가 마른침을 삼키고 나서 입을 열었다.

"요고수들은 잡무에 능숙하지 않습니다."

"그럼 무엇에 능숙하오?"

"싸움에……."

고선빈은 말끝을 흐렸다. 싸움이라고 해봐야 영웅문에 비할 바가 아니라는 사실을 깨달은 것이다.

"싸움을 하고 싶다는 것이오?"

진천룡의 말에 고선빈이 반색했다.

"그렇습니다."

"일류고수 중에서 일류를 뽑으면 몇 명이나 되겠소?"

고선빈은 눈을 깜빡거리며 생각하다가 대답했다.

"오백 명 정도……."

"오백?"

부옥령이 어이없다는 표정을 짓자 고선빈이 다시 말했다.

"삼백 명쯤 될 거예요."

아까 살아남은 요고수들 중에서 일류가 오천여 명이라고 했는데, 그중에서 삼백 명이면 추리고 또 추린 것이다.

"너무 많아. 백 명만 골라내라."

고선빈은 얼굴을 찌푸렸다.

"그건 너무 적습니다. 어떻게 오천여 명 중에서 겨우 백 명만 고른다는 겁니까?"

누구에게 깍듯한 존대를 해본 적이 없는 고선빈은 여차하면 욕설이 쏟아져 나올 것 같은 말투다.

부옥령이 손가락으로 고선빈을 가리켰다.

"그들을 싸움에 투입하겠다는 것이 아니라 이제부터 무공을 가르치겠다는 것이다."

"에……?"

부옥령은 뭔가 생각난 듯 입구를 지키는 영웅호위대 고수에게 지시했다.

"아미를 불러라."

*   *   *

진천룡 일행이 식사를 하고 있을 때 문이 열리고 두 여자가 초심스럽게 들어왔다.

그들은 입구에서 나란히 부복하여 이마를 바닥에 댔다.

"주인님을 뵈옵니다."

아미와 훈계수다.

아미는 예전에 요천사계 복건요부의 부지부주였다. 취봉문을 요리하고 있는 그녀를 제압했다가 영웅문에 편입시켰었다.

이후 아미 밑으로 삼십오 명의 요고수들을 붙여주고 영웅문 외문의 한 개 당을 만들어주었다.

진천룡은 술잔을 들고 반갑게 맞이했다.

"오! 아미하고 계수로구나. 어서 와라."

아미와 훈계수가 일어나서 탁자로 다가오자 부옥령이 맞은편 고선빈과 고은영 옆자리를 가리켰다.

"식전이면 앉아서 밥 먹어라."

아미와 훈계수가 공손한 자세로 고씨 자매 옆자리에 앉자 하녀가 그녀들의 수저와 요리를 갖다주었다.

고씨 자매는 아미와 훈계수의 행동을 보면서 적잖이 놀랐다.

그녀들이 진천룡에게 '주인님'이라면서 부복했으니까 여종이 분명하다.

그런데 여종을 식탁으로 부르는 부옥령도 이상하지만, 앉아서 밥 먹으랬다고 덜컥 앉는 아미와 훈계수는 이상함을 넘어 미친 것처럼 보였다.

고씨 자매는 아직도 젓가락을 들지 못하고 있는데 아미와 훈계수는 젓가락을 쥐고 넉살 좋게 먹기 시작했다.

진천룡이 그녀들을 보면서 부드럽게 미소 지으며 물었다.

"아미, 계수야, 요즘 어떠냐?"

식사를 하긴 하되 자세를 무너뜨리지 않고 단정하게 먹던 아미와 훈계수는 젓가락질을 멈추고 진천룡을 바라보았다.

"너무 좋아요."

"행복해서 죽을 지경이에요."

"다행이구나."

아미는 영웅문 외문에 새로 만든 정요당(正妖堂)의 당주이고 훈계수는 부당주다.

예전에 아미는 요천사계 복건요부 부지부주였고 훈계수는 요마정수였다.

제칠십오 요마정녀라는 칭호를 갖고 있었는데 훈계수가 옛날에 죽은 자신의 여동생 이름 훈계수를 그녀에게 주어서 그 때부터 그녀 이름이 훈계수가 되었다.

그것이 인연이 되어 그때부터 훈용강과 훈계수는 남매처럼 가깝게 지냈다.

부옥령이 아미 옆에 앉은 고선빈과 고은영을 턱으로 가리키면서 물었다.

"누군지 알겠느냐?"

그러자 아미와 훈계수는 상체를 앞으로 빼고 고씨 자매를 살펴보았다.

아미와 훈계수는 고개를 가로저었다.

"모르겠는데요?"

"요천사계 여황과 요마대랑이다."

"아……."

아미와 훈계수는 흠칫 놀라며 고씨 자매들을 한 번 더 쳐다보았지만 그것으로 끝이다.

아미와 훈계수는 요천사계 부지부주와 요마정수라는 신분이었으나 실제로 한 번도 여황과 요마대랑을 본 적이 없었다.

그래서 자신들 옆에 앉은 두 여자가 요천사계 여황과 요마대랑이라니까 잠시 놀랐으나 곧 아무렇지도 않은 얼굴로 태연하게 식사를 했다.

부옥령은 이번에는 고씨 자매에게 말했다.

"영웅외문 정요당의 당주와 부당주다. 너희 둘의 상전이 될 거야."

고씨 자매는 흠칫했다. 자신들이 진천룡이 아닌 다른 사람의 수하가 될 것이라고는 예상하지 못했기 때문이다.

그러나 정말 충격적인 일은 그때 일어났다.

"아미는 예전에 요천사계 복건요부 부지부주였다. 훈계수는 요마정수였고."

"……!"

고씨 자매는 믿을 수 없다는 표정으로 아미와 훈계수를 쳐다보았다.

"너희들……."

고은영은 아미와 훈계수를 차갑게 꾸짖었다.

"옛 상전을 보고 예를 취하지도 않는 것이냐?"

아미는 젓가락질을 멈추지 않으며 말했다.

"앞으로는 너희들이 매일 내게 예를 취하게 될 것이다."

"뭐야?"

고은영은 발딱 일어나 차갑게 꾸짖었다.

"짐승도 기르던 주인을 보면 꼬리를 흔드는 법이거늘, 너희는 짐승만도 못하구나!"

탁!

아미는 젓가락을 내려놓았다.

"우리들을 길렀던 것이 짐승이라서 꼬리를 흔들지 못하는 것이다."

"무엄한 년……!"

아미는 앉은 채 고은영을 쳐다보며 차분하게 말했다.

"네가 십초식 안에 나를 제압하면 예를 취하겠다."

"하아!"

고은영이 기가 막힌다는 표정을 짓자 아미는 더 어이없는 말을 했다.

"대신 내가 널 일초식에 제압하면 이후 내게 깍듯이 예를 갖추어라."

"네년이 미쳐도 단단히 미쳤구나……!"

아미는 차분하게 말했다.

"어쩌겠느냐?"

고은영은 이를 갈면서 말했다.

"오냐. 네 뜻대로 하마. 그러나 그럴 일은 절대 일어나지 않을 것이다."

고은영은 분노를 가라앉히려고 가슴을 들먹거리다가 아미를 가리키며 진천룡에게 말했다.

"대결에서 이년을 죽여도 되나요?"

진천룡은 고개를 끄떡였다.

"마음대로 해라."

그때 훈계수가 일어섰다.

"당주, 제가 싸울게요."

아미는 고개를 끄떡이며 자리에 앉았다.

"그래라."

고은영은 기가 막혀 머리에서 뜨거운 김이 뭉게뭉게 솟을 판국이다.

그녀는 찬바람이 쌩 불 것처럼 몸을 돌려 입구로 걸어갔다.

"밖으로 따라 나와라."

훈계수는 탁자 옆으로 걸어 나오며 손을 내저었다.

"나갈 필요 없다."

"무슨 뜻이냐?"

고은영이 돌아서며 냉랭하게 묻자 훈계수는 손을 털면서 탁자의 요리들을 보았다.

"얼른 끝내고 밥 먹어야겠다. 이리 와라."

고씨 자매는 기가 막히다 못해서 입에서 거품이 뿜어질 지경이다.

고은영은 이 대결에서 훈계수를 아예 죽여 버리고 말겠다고 결심을 했다.

훈계수는 입구에서 이쪽으로 걸어오는 고은영을 보며 태연하게 말했다.

"공격하겠다. 막아봐라."

말이 끝나자마자 훈계수는 규칙적인 보폭으로 고은영에게 걸어가며 오른손을 내밀었다.

부옥령은 훈계수가 대라벽산 육초식 절영신위(折影神威)를 전개하려는 것을 직감했다.

아미와 훈계수는 물론이고 정요당의 삼십오 명 모두 진천룡이 임독양맥을 소통해 주고 환골탈태와 벌모세수를 시켜준 덕분에 공력이 두 배 반으로 상승했었다.

훈계수의 현재 공력이 삼백 년 수준이므로 이백 년 공력인 고은영은 상대가 되지 않는다.

고은영은 훈계수가 공격을 한다면서 자신을 향해 천천히 걸어오며 오른손을 평범하게 앞으로 뻗는 것을 보고는 절로 코웃음이 났다.

'저년이 필경 미쳤구나.'

고은영은 요마공을 구 성까지 연공했으므로 훈계수에게 요선철장공(妖旋鐵掌功)을 전개할 생각이다.

반 자 두께 철문을 뚫을 수 있는 요선철장공을 훈계수 같은 전직 요마정녀에게 전개하는 것은 도끼로 벼룩을 잡는 것 같은 일이다.

하지만 고은영은 분노가 머리 꼭대기까지 치솟았으므로 눈에 뵈는 게 없다.

고은영은 벼락같이 손목을 뒤집었다가 한 바퀴 회전하면서 앞으로 떨쳐냈다.

쩌러렁!

실내를 둔중하게 울리며 요선철장공이 발출될 때 훈계수는 대라벽산 절영신위를 전개했다.

훈계수의 오른손에서 푸른 기운이 뿜어지는가 싶더니 고은영이 발출한 무형의 요선철장공을 정면으로 부딪쳐 나갔다.

스르릉…….

기이한 음향이 흐르며 푸른 기운이 허공의 어떤 단단한 기운을 휘감았다.

'엇?'

고은영은 자신이 발출한 요선철장공이 더 이상 앞으로 뻗어나가지 못하고 무언가에 단단히 붙잡힌 것을 느꼈다.

뿐만 아니라 회수할 수도 없으며 이리저리 움직일 수도 없는 상태가 돼버렸다.

그 순간 푸른 기운 청영(靑影)이 눈에 보이지 않는 무형의 요선철장공을 휘감으면서 번개같이 고은영에게 쇄도했다.

"아……!"

고은영은 피해야 된다고 판단했으나 그녀의 오른손에서 발출된 요선철장공이 옴짝달싹하지 못하는 상황이라서 한 발자국도 움직일 수가 없는 처지다.

다음 순간 청영이 고은영의 오른팔을 타고 엄습하며 그녀의 오른쪽 어깨를 낚아챘다.

뻐걱!

"아악!"

고은영은 어깨가 탈골되는 극심한 고통을 느끼면서 날카로운 비명을 질렀다.

어느새 고은영의 세 걸음 앞까지 다가와서 멈춘 훈계수가 흐릿한 미소를 머금으며 말했다.

"어떠냐?"

"으으……."

고은영은 탈골된 오른쪽 어깨를 감싸 안고 고통이 진득하게 밴 신음을 흘렸다.

"패했음을 인정하느냐?"

고은영은 이마와 목에 핏대가 솟구칠 정도의 분노와 치욕을 간신히 삼켰다.

"졌다……."

그녀는 자신이 일개 요마정수에게 패할 것이라곤 추호도 예상하지 못했었다.

훈계수는 짐짓 위엄 있게 꾸짖듯이 말했다.

"너희 두 사람은 지금 이 순간부터 당주와 내게 깍듯이 예를 취해야 한다. 알았느냐?"

"……."

훈계수는 슬쩍 아미를 치켜뜨며 위협했다.

"왼쪽 어깨마저 탈골시켜야 정신을 차리겠느냐?"

"아… 알았다."

"알았다? 그게 예를 갖춘 것이냐?"

고은영의 얼굴 가득 이러느니 차라리 죽고 싶다는 착잡한 표정이 떠올랐다.

그때 고선빈이 조용한 목소리로 말했다.

"이제부터 두 분을 상전으로 깍듯이 모실 테니 동생을 그만 용서해 주십시오."

예로부터 때를 아는 사람이 준걸이라고 했었다. 고선빈은 고은영이 패할 것이라고 그것도 단 일초식에 어깨뼈가 탈골될 정도로 질 것이라고는 전혀 예상하지 못했었다.

그렇지만 고은영이 깨끗이 패한 것을 두 눈으로 목격한 이상 현실을 인정할 수밖에 없다고 판단했다.

고선빈은 아미와 훈계수가 진천룡의 여종이 된 후에 그에게서 큰 은혜를 입었을 것이라고 짐작했다.

식사를 하는 중에 부옥령이 아미에게 말했다.

"요천사계의 고수들 중에서 백 명을 엄선해라."

"명을 받듭니다."

고은영은 훈계수에게 패하고 나서부터는 벙어리처럼 한마디도 말이 없다.

그녀의 탈골된 오른쪽 어깨는 훈계수가 원래대로 고쳐주었다.

고선빈이 불쑥 말했다.

"그래도 본계의 요고수들이 어딘가에 쓸모가 있지 않겠어요?"

진천룡은 거나하게 취해서 벌게진 얼굴로 고개를 끄떡였다.

"물론이다."

여태껏 곰곰이 생각에 잠겼던 부옥령이 진천룡에게 전음을 보냈다.

[천군성이 텅 비었을 텐데 거길 공격해서 장악하는 데 요고수들을 보내면 어떨까요?]

'천군성을 장악한다'라는 말에 진천룡은 정신이 번쩍 들었다.

"좋은 방법이다."

부옥령은 전음으로 했는데 그는 육성으로 대답하자 모두 그를 쳐다보았다.

그러나 진천룡은 개의치 않고 부옥령에게 말했다.

"진행해라."

낙양에 있는 천군성이 장악됐다는 보고를 들으면 설옥군이 철수할 가능성이 크다.

부옥령은 단단한 표정으로 아미에게 말했다.

"천군성으로 가라."

"······!"

아미와 훈계수는 얼어붙어서 아무 말도 하지 못했다.

"가서 천군성을 장악해라."

현재 상황에 대해서 잘 알고 있는 아미와 훈계수이지만 긴장하지 않을 수가 없다.

느닷없는 말에 고선빈과 고은영은 경악해서 턱이 빠질 것처럼 놀랐다.

반면에 부옥령은 어디까지나 차분했다.

"천군성에는 현재 최소한의 고수들만 남아서 성을 지키고 있을 것이다."

바짝 긴장한 아미가 조심스럽게 물었다.

"그게 얼마나 될까요?"

부옥령은 고개를 모로 꼬았다.

"글쎄… 오백여 명 정도 아니겠느냐?"

아미와 훈계수의 얼굴이 더욱 딱딱하게 굳었다.

"저희가 할 수 있다고 생각하세요?"

"물론이다."

부옥령은 고선빈과 고은영을 쳐다보았다.

"요고수 천 명을 선발해서 데리고 가라."

아미는 곰곰이 생각했다. 정요당의 삼십오 명 고수는 정예 중의 정예다.

그러나 문제는 요고수들이다. 엄선을 한다면 천 명이 아니라 백 명도 뽑기 어려울 것이다.

아미는 자신의 생각을 말했다.

"요고수들 중에서 천 명을 선발하는 것은 어렵겠어요."

"그렇겠지."

그 말이 무슨 뜻인 줄 아는 부옥령은 고개를 끄떡이며 잠시 생각에 잠겼다.

그렇다고 해서 영웅문에서 고수들을 뽑을 수는 없다.

고씨 자매는 부옥령과 아미가 무엇 때문에 고민하는지 잘 알고 있다.

여태껏 말이 없던 고은영이 조심스럽게 입을 뗐다.

"마중천은 어떤가요?"

"무슨 뜻이냐?"

"마중천을 끌어들여서 마중고수들 중에서 쓸 만한 고수를 골라 천군성에 보내는 겁니다."

갑자기 생뚱맞게 마중천이라니 부옥령은 조금 어이가 없는 기분이 들었다.

"마중천을 끌어들일 수 있다고 보느냐?"

第二百十五章

공성계(空城計)

마중천 총마령 담덕(覃悳)은 요마대랑 고은영의 전서구를 받아서 읽었다.

서찰의 내용은 간단했다. 만나고 싶은데, 장소는 담덕이 정하라고 했다.

달랑 그것뿐이다. 가장 중요한 왜 만나고 싶은 것인지에 대한 내용은 없다.

담덕은 요천사계의 요마대랑이란 사람을 잘 몰랐었지만 이번에 검황천문과 연합하여 영웅문을 치러 갔다가 돌아오는 두어 달 동안에 서로 꽤 친해졌었다.

마중천 서열 삼 위인 담덕과 요천사계 서열 이 위인 요마대랑은 죽이 잘 맞았다.

담덕은 살아남은 수하들을 이끌고 마중천으로 귀환하고 있는 중이었다.

원래 검황천문과 연합하여 영웅문을 공격하려고 했을 때에는 일만 명의 마중고수를 이끌고 있었다.

그러나 회군하여 남경으로 돌아오다가 천군성의 공격을 받아 일방적으로 패해 절반을 잃고 오천여 명만 데리고 귀환하는 비참한 신세가 됐다.

만약 천군성이 끈질기게 추격을 했다면 마중고수들 전원은 전멸했을 것이다.

담덕은 마중천 본천이 있는 하북성과 사천성의 경계 대파산(大巴山)으로 가기 위하여 무리를 이끌고 장강을 따라서 상류로 향하고 있는 중이다.

마중고수 오천여 명은 백 명 단위로 나누어 뿔뿔이 흩어져서 가고 있다.

그 백 명은 또다시 열 명으로 쪼개고, 열 명은 두 명씩 다시 쪼개졌다.

이렇게 쪼개고 합치는 것은 마중천이나 요천사계가 잘하는 일이라서 어려울 게 없다.

그렇게 많은 인원이 이동을 해도 모두 반경 삼십여 리 안에서 움직인다는 사실이 놀랍다.

그러므로 다시 모이라는 명령이 떨어지면 몇 시진 안에 다

집합할 수가 있다.

그렇게 담덕은 최측근 두 명만 데리고 약속 장소인 동릉현(銅陵縣)에 도착했다.

그들 일행은 이곳에서 멀지 않은 곳을 지나고 있었으므로 동릉현까지 오는 데 한 시진밖에 걸리지 않았다.

요마대랑은 이곳에서 사백여 리 떨어진 남경 근처에 있다고 했으니까 아무리 빨리 온다고 해도 하루 반이나 이틀은 걸릴 것이다.

그래서 담덕은 동릉현 내에서 객잔을 잡고 푹 쉬며 쌓인 여독을 풀기로 마음먹었다.

*   *   *

사아아······.

진천룡 일행은 지상에서 오십 장 높이 하늘에서 어풍비행을 전개하여 약속 장소인 동릉현으로 날아가고 있다.

남경을 출발한 지 일 각 남짓 됐을 뿐인데 동릉현까지 어느새 절반 정도 왔으니 얼마나 빠른지 짐작할 수 있다.

고씨 자매는 각각 소정원과 종초홍에게 팔을 붙잡힌 채 날아가면서 경악에 경악을 거듭하고 있는 중이다.

단지 느린 걸음으로 천천히 걷고 있는 듯한 느낌일 뿐인데 까마득한 아래를 보면 산과 들, 강의 풍경이 쏜살같이 휙! 휙!

스쳐가고 있었다.

경직된 표정의 고씨 자매는 자신들의 팔을 붙잡고 있는 종초홍과 소정원을 쳐다보았다.

십칠 세 정도의 어린 소녀인 종초홍과 소정원은 마치 산책하는 듯 조금도 힘들지 않은 얼굴이라서 고씨 자매를 더욱 경악하게 만들었다.

고씨 자매는 아직도 종초홍과 소정원이 누군지 모르고 있으며, 단지 진천룡의 최측근이라고만 짐작하고 있다.

고씨 자매는 지금 진천룡과 부옥령, 종초홍, 소정원 등이 전개하고 있는 것이 경공의 최고 경지인 어풍비행일 것이라고 막연히 짐작했다.

당연한 일이지만 고씨 자매는 어풍비행을 흉내조차 내지 못하는 실력이다.

그때 앞쪽에서 진천룡과 나란히 가는 부옥령이 뒤돌아보며 물었다.

"너 이름이 초랑금 아니었느냐?"

부옥령은 고은영에게 두 개의 이름이 있다는 사실까지 알고 있었다.

고은영은 적잖이 놀랐다가 공손히 대답했다.

"그 이름은 어렸을 때 이름입니다. 제가 어머니의 대제자였을 때 사용했어요."

"어째서 그런 이름을 사용했느냐?"

"그것은……."

고은영이 머뭇거리자 고선빈이 대신 대답했다.

"태사부께서 저희 부친이 고은산이라는 사실을 싫어했어요. 그래서 어머니께서 이름을 바꿨어요."

그녀들의 태사부 금혈마황 철염은 전대 요천여황 자염빙의 마지막 남편이었다.

그가 그런 것을 싫어해서 딸들의 이름을 바꿨다면 자염빙은 철염을 진심으로 사랑했다는 뜻이다.

친부인 고은산은 자신의 딸이 있다는 사실을 모르고 있는데, 계부인 철염은 자염빙의 딸이 자신의 딸이 아니라서 싫었다는 웃지 못할 얘기다.

"그랬었군."

부옥령이 고개를 끄떡이며 앞을 보려고 하자 고선빈이 용기를 내서 물었다.

"실례지만 이분 낭자들은 누군가요?"

"직접 물어봐라."

부옥령의 말에 고선빈은 자신의 팔을 잡고 있는 소정원을 보며 물었다.

"낭자는 누구죠?"

고씨 자매들은 종초홍과 소정원에 대한 궁금증이 이만저만한 것이 아니다.

어린 소녀들의 무공이 자신들은 비교도 할 수 없을 정도로 어마어마하기 때문이다.

소정원은 고선빈을 쳐다보지도 않은 채 짧게 대답했다.

"창파영주예요."

"……"

고씨 자매는 순간적으로 소정원의 말이 무슨 뜻인지 알아듣지 못했다.

그녀들은 잠시가 지나서야 그 말뜻을 이해하고 눈을 휘둥그렇게 떴다.

'천하사대비역의 창파영이라는 말인가……?'

이번에는 고은영이 종초홍에게 물었다.

"그럼 낭자는 누구죠?"

종초홍의 대답을 들으면 진실을 알 수 있을 것이라고 생각한 것이다.

종초홍은 자신이 팔을 잡고 있는 고은영을 보며 예쁘게 살짝 미소 지었다.

"나는 호천궁 소궁주예요."

"아……"

고씨 자매는 망치로 뒤통수를 얻어맞은 것 같은 표정을 지으며 한동안 아무 말도 못 했다.

*   *   *

약속 장소인 양망루(揚望樓)에 도착한 담덕은 객방부터 두 개 잡았다.

이어서 장강이 훤히 내다보이는 창가에 자리를 잡고 맛있는 술과 요리를 푸짐하게 주문했다.

담덕이 주문한 요리를 기다리며 창밖을 바라보고 있을 때 그의 귀에 전음이 들렸다.

[왔으면 이리 오지 어째서 따로 앉는 것이오?]

"……?"

담덕은 의아한 얼굴로 다급히 주위를 둘러보다가 깜짝 놀라고 말았다.

그의 시선이 멈춘 곳에는 여러 사람이 탁자에 앉아 있으며, 그들 중 한 명 요마대랑 고은영이 그를 향해 미소 지으며 손을 들고 있지 않은가.

담덕은 눈을 껌뻑거리고 다시 봤지만 고은영이 분명했다.

[어서 오지 않고 뭐 해요?]

고은영의 전음이 다시 들렸다.

담덕은 부스스 일어나서 이끌리듯이 그곳으로 걸어갔다.

원래 그가 앉아 있던 곳에서 탁자 다섯 개를 지난 창가 끝자리에 고은영 일행이 앉아 있었다.

담덕은 고은영과 같이 앉아 있는 일행이 그녀의 수하들일 것이라고 짐작했다.

왜냐하면 요마대랑 고은영은 그 정도로 높은 지위의 신분이었기 때문이다.

담덕은 남경에 있다는 고은영이 어떻게 한 시진 만에 사백여 리나 떨어진 동릉현에 올 수 있었던 것인지 의아했으나 곧 그녀가 거짓말을 했을 것이라고 생각했다.

"대랑은 원래 동릉현에 계셨구려."

고은영이 일어나며 말했다.

"아니에요. 우린 반시진 전에 도착했어요."

"허헛! 그게 무슨……."

고은영의 말에 담덕은 그녀가 농담을 하는 것이라 여겨 너털웃음을 웃었다.

그건 그렇고, 담덕은 고은영의 수하들이 모두 태연히 자리에 앉아 있는 것을 보고 못마땅한 표정을 지었다.

더구나 담덕의 심복 수하 두 명은 고은영에게 꾸벅 예를 갖추는데 그녀의 수하들은 편안한 자세로 앉아서 본체만체하고 있지 않은가.

담덕이 막 입을 열려고 할 때 부옥령이 불쑥 말했다.

"인사시키고 앉도록 해라."

새파랗게 어린 것이 고은영에게 말하는 꼴을 보고 담덕은 꼭지가 확 돌았다.

"이런 버르장머리 없는 계집애가 어디서 감히!"

그러자 고선빈과 고은영이 화들짝 놀라 안색이 급변했다.

고은영은 다급하게 부옥령에게 넙죽 허리를 굽혔다.

"죄… 송합니다. 제가 잘 타이르겠습니다……!"

"……?"

담덕은 어리둥절해서 눈을 크게 떴다. 고은영이 자신을 놀리려고 이상한 행동을 하는 것은 아니라는 생각이 들었다. 그녀는 그런 성품이 아니기 때문이다.

고은영은 어리둥절한 표정을 짓고 있는 담덕에게 진천룡을 공손히 가리키며 소개했다.

"영웅문주이십니다."

"어……."

너무 놀란 담덕은 이상한 소리를 내면서 말을 잇지 못했다.

그는 눈을 껌뻑거리면서 자신이 방금 무슨 말을 들었는지 곱씹어 반추하다가 그 뜻을 이해하고는 더욱 놀라서 후드득 몸을 떨었다.

"영웅문주……."

담덕은 두 눈이 튀어나올 듯이 부릅뜨며 진천룡을 주시했다.

진천룡은 종초홍이 젓가락으로 집어주는 요리를 넙죽 받아먹으며 담덕에게는 시선도 주지 않았다.

고은영은 이번에는 부옥령을 소개했다.

"이분은 영웅문 좌호법이신 무정신수예요."

"무정신수……."

담덕은 머리가 너무 혼란스러워서 도대체 상황이 어떻게 돌아가는 것인지 갈피를 잡지 못했다.

고은영은 언니이며 요천사계 여황인 고선빈은 아예 소개하지도 않았다.

지금은 고선빈보다 훨씬 쟁쟁한 인물들이 많아서 그럴 상황이 아닌 것이다.

고은영은 옆에 서 있는 고선빈을 가리키며 말했다.

"나와 여황께선 영웅문주의 수하가 되었다오."

"어……."

담덕은 정신을 수습하지 못한 표정으로 고선빈을 쳐다보았지만 인사는 하지 않았다.

한참 후에 담덕이 정신을 웬만큼 수습한 후에야 인사와 대화가 이어졌다.

"본천에 연락해 보겠소."

요고수들이 주축이 되어 천군성 본성을 공격할 것이라는 말에 담덕은 잠시 생각했다가 대답했다.

진천룡은 대화에는 한 번도 끼지 않고 창밖을 응시하면서 술만 마셨다.

고은영이 물었다.

"얼마나 걸릴까요?"

"이틀은 걸릴 것이오."

"이틀씩이나……."

고은영은 조심스럽게 부옥령을 쳐다보았다.

부옥령은 고개를 모로 꼬았다.

"이틀씩이나 기다릴 수는 없다."

"왜 그렇죠?"

고은영은 그렇게 묻지 않을 수가 없었다.

부옥령은 그녀를 꾸짖었다.

"지금이 어떤 상황인지 모르느냐?"

고은영은 찔끔했다.

"천군성 주력이 어디에 있느냐?"

"팔패주입니다."

대답하는 고영은의 목소리가 풀이 죽었다.

"팔패주가 남경하고 얼마나 가까우냐?"

"십 리도 안 됩니다."

"알겠느냐?"

부옥령은 거기까지만 말하고 입을 다물었다.

고은영은 공손히 고개를 숙였다.

"죄송합니다."

고은영은 어떻게 해서든지 마중천의 담덕을 합류시키려는 마음이 앞서다 보니까 멍청한 질문을 한 자신을 꾸짖었다.

천하대계를 개시한 천군성이 코앞에 있는데 총지휘자인 진천룡이 남경을 비운 채 이곳에서 이틀이나 허비해야 한다는 것이 말이 되지 않는 일이다.

담덕은 놀라서 눈을 크게 뜨고 고은영에게 조심스레 물었다.

"천군성 주력이 어째서 팔괘주에 있는 것이오?"

"천군성이 천하대계를 개시했다오."

"천하대계라니……."

고은영의 쓸쓸한 대답에 담덕의 눈이 휘둥그레졌다.

사실 담덕은 요고수들이 앞장서서 낙양의 천군성을 접수하러 간다고 했을 때 이것들이 단체로 미친 거 아닌가 하는 생각을 했었다.

그렇지만 영웅문주가 있는 자리라서 겉으로 내색하지 않고 마중천에 전서구를 띄워서 회답을 기다려야 한다면서 슬쩍 발을 뺐던 것이다.

그런데 이제 보니까 천군성이 천하대계를 개시했고, 강남무림을 공격하기 위해서 전체 주력을 팔괘주에 집결시켰다는 것이 아닌가.

그렇다면 낙양의 천군성은 거의 텅 비어 있을 테니까 그곳까지 은밀하게 이동할 수만 있다면 함락하는 것은 그리 어렵지 않을 터이다.

모든 것을 이해한 담덕은 마음이 급해졌다.

부옥령이 진천룡 잔에 술을 부으며 하는 말이 들렸다.

"주군, 헛걸음한 것 같아요."

"그래?"

"마저 드시고 가시죠."

"그러자."

담덕이 급히 외치듯 말했다.

"가겠소!"

부옥령은 듣지 못한 듯 딴청을 부렸다.

고은영이 대신 물었다.

"마중천에 전서구를 보내고 나서 회답을 받아봐야 한다고 하지 않았소?"

"선행후고(先行後告) 하겠소."

먼저 행동하고 추후에 보고하겠다는 것이다.

고은영은 의아한 표정을 지었다.

"그래도 되겠소?"

담덕은 부옥령을 힐끗 보고 나서 대답했다.

"본천에서 보고가 올 때까지 기다려 주지 않을 거잖소."

고은영은 고개를 끄떡였다.

"그럴 것 같으오."

고은영이 담덕에게 눈짓을 보내며 전음을 했다.

[나하고 잠깐 얘기 좀 합시다.]

*   *   *

주루 밖으로 나온 고은영과 담덕은 강을 내려다보며 나란히 서서 대화를 나누었다.

"본계는 영웅문에 완전히 복속됐다오."

담덕은 고개를 끄떡였다.

"아까 들었소."

"본계는 사라지고 영웅문 외문 휘하 정요당으로 다시 태어난 것이라오."

담덕은 꽉 막힌 사람이 아니다. 그는 고은영이 자신을 주루 밖으로 불러서 이런 얘기를 긴밀하게 하는 이유를 대충 짐작했다.

"나더러 어쩌라는 것이오?"

"우리처럼 영웅문에 귀속하시오."

담덕은 그럴 줄 알았다는 듯한 표정을 지었으나 곧 난감한 듯 고개를 가로저었다.

"그건 내 마음대로 결정할 일이 아니오."

"지금 당장 결정해야 하오."

"그게 무슨 뜻이오?"

고은영은 저만치 주루의 이 층을 바라보며 말했다.

"영웅문은 담제를 기다려 주지 않을 것이기 때문이라오. 그러면 담제는 영원히 기회를 놓치게 되는 거라오."

함께 행동하는 두어 달 동안 고은영은 자신보다 어린 담덕을 동생으로 대하며 호칭까지 '담제'라고 부르게 되었다.

담덕은 고은영이 흑심이 있어서 이러는 것이 아니라 순전히 자신을 위하는 마음이라는 것을 잘 알고 있다.

"누님의 말씀은 나더러 본천을 배신하고 현재 이끌고 있는 수하들과 함께 영웅문에 투신하라는 것이오?"

고은영은 고개를 끄떡였다.

"그렇다오."

"그게……."

"내가 보기에는 빠르면 며칠 내로 영웅문과 천군성의 전쟁이 벌어질 것이오."

담덕은 팔짱을 낀 채 진중한 표정으로 고개를 끄떡였다.

"내가 보기에도 그럴 것 같소."

"그렇게 되면 영웅문이든 천군성이든 어느 한쪽이 천하를 제패하게 될 게요."

"그렇겠지요."

"나는, 아니, 우린 영웅문 쪽이 승리할 것이라고 예상하오."

담덕의 표정이 더욱 진지해졌다.

"무얼 보고 그런 예상을 한 것이오?"

"상황이 그렇게 돌아가고 있소. 더구나 영웅문은 너무도 막강하오. 그리고……."

고은영은 다시 한번 주루의 이 층을 쳐다보며 말을 이었다.

"나는 저기에 있는 두 사람, 전광신수와 무정신수를 믿는다오."

"그들의 어떤 점을 믿는다는 거요?"

고은영은 딱 잘라서 말했다.

"내가 보기에 전광신수는 신인(神人)이라오."

담덕은 적잖이 놀랐다.

"그 정도요?"

"내 목을 걸어도 좋소."

"음……!"

고은영의 목소리가 착 가라앉았다.

"본계의 여황께서 왜 전광신수의 수하가 되었겠소?"

담덕은 뭔가 생각나는 것이 있어서 흠칫했다.

"혹시… 누님 옆에 앉아 있던 분이 여황이시오?"

"그렇다오."

"아아……."

담덕은 크게 놀랐다. 설마 요천여황이 그처럼 다소곳하게 앉아 있을 것이라고는 예상하지 못했었다.

"여황께서도 일말의 망설임 없이 영웅문주의 수하가 되기를 자청하셨소."

담덕은 지그시 어금니를 악물면서 들었다.

"영웅문이 천하를 제패하고 나면 제일 먼저 무엇을 할 거라고 생각하오?"

"논공행상(論功行賞) 아니겠소?"

고은영은 고개를 크게 끄떡였다.

"영웅문은 천하를 제패하는 데 과연 누구 공이 크고 작으며 또 누가 적대적이었는지를 따질 것이오."

"음."

고은영의 얼굴에 진심 어린 표정이 가득 떠올랐다.

"나는 그 논공행상에서 내가 상을 받을 때 담제가 내 옆에 서기를 진심으로 바라고 있다오."

"누님……."

"영웅문이 천하제패를 하면 요천사계는 물론이고 마중천 같은 것도 사라지게 될 게요."

담덕은 주먹을 움켜쥐고 고개를 크게 끄떡였다.

"알겠소. 누님 말씀에 따르겠소."

고은영은 환한 미소를 지었다.

"나중에 담제는 이 누나에게 크게 고마워하면서 한턱내게 될 것이오."

진천룡 등은 술을 마시고 있으나 고은영과 담덕의 대화를 다 들었다.

고은영과 같이 이 층에 올라온 담덕은 진천룡 등이 앉아 있는 탁자에 이르자 주저 없이 바닥에 무릎을 꿇었다.

"저 담덕을 거두어주십시오."

진천룡과 부옥령은 조금도 동요하지 않고 그의 말을 듣지 못한 것처럼 하던 일을 계속했다.

담덕은 다시 한번 읊조렸다.

"수하 오천과 함께 영웅문에 복속하겠습니다."

부옥령은 술을 입속에 쏟아붓고 나서 게슴츠레한 눈으로 그를 쳐다보았다.

"그래?"

담덕은 이마를 바닥에 부딪쳤다.

쿵!

"목숨을 바치겠습니다."

"쓸 만한 자 삼백 명을 뽑아라."

"…네?"

담덕은 무슨 말인지 금세 알아듣지 못했다.

부옥령이 두 번 말하는 것을 싫어한다는 사실을 짧은 경험을 통해서 알게 된 고은영이 빠른 어조로 말해주었다.

"수하들 중에서 삼백 명을 엄선하라는 말씀이시오."

"아… 명을 따르겠습니다."

탁!

그때 진천룡이 술잔을 내려놓았다.

"다 끝났나?"

"네, 주군."

부옥령이 생글거리면서 대답하자 진천룡이 일어섰다.

"그럼 가자."

진천룡 일행이 계단으로 걸어가자 고은영이 부복한 담덕을 급히 일으켰다.

"뭘 하는 것이오? 어서 주군을 따르지 않고서."

"아……."

담덕은 벌떡 일어나서 고은영과 함께 총총히 진천룡의 뒤를 따라갔다.

                    *   *   *

"네?"

장강 가에 서 있는 담덕은 놀라서 눈을 크게 떴다.

부옥령이 오천 명의 마중고수들을 모두 검황천문으로 보내라고 말했기 때문이다.

고은영이 설명해 주었다.

"영웅문이 검황천문 본천을 완전히 장악했다오."

"아······."

"검황천문 태문주는 주군께서 겨우 목숨을 붙여주셨고, 장남이며 선문주인 동방무건이 영웅문 남경지부의 지부주가 되었다는 것이오."

"영웅문 남경지부라는 것은······."

고은영은 빙그레 미소 지었다.

"검황천문 남경 본천이 영웅문 남경지부가 된 것이라오."

"아······."

저만치에 진천룡과 같이 있는 부옥령이 이쪽을 보며 물었다.

"얼마나 걸리겠느냐?"

"엣?"

담덕은 평소에 자신의 머리가 꽤 좋다고 생각했었는데 여기에 와서는 바보가 된 것만 같았다.

고은영이 얼른 담덕에게 말해주었다.

"수하 삼백 명을 엄선하는 데 얼마나 걸리겠느냐고 하문하시는 것이오."

"아… 몇 시진이면 될 겁니다."

부옥령은 고개를 끄떡였다.

"그렇다면 나중에 와라."

"네?"

"무리를 이끌고 검황천문으로 오면서 수하 삼백 명을 엄선하라는 말씀이시오."

"아… 그렇군요."

담덕은 정신이 너덜너덜해지는 것 같은 기분이 들었다.

이번에는 부옥령이 고은영과 고선빈에게 말했다.

"너희는 지금 우리와 같이 가든지 아니면 그자와 같이 오든지 정해라."

부옥령의 말이 끝나기도 전에 고선빈이 이미 그쪽으로 가고 있는 것을 보며 고은영도 급히 따라갔다.

"같이 가겠습니다."

고은영은 부옥령 쪽으로 달려가며 담덕에게 전음을 보냈다.

[남경에서 봅시다.]

올 때처럼 소정원이 고은영을, 종초홍이 고선빈의 팔을 잡고는 불쑥 허공으로 비스듬히 솟구쳤다.

담덕은 진천룡 일행이 출발하면 예를 취하려고 두 손을 앞에 모으고 있다가 움찔 놀랐다.

진천룡과 부옥령, 소정원, 종초홍이 둥실 허공으로 솟구치는 것 같더니 눈 깜짝할 사이에 수십 장 높이까지 치솟았기 때문이다.

"아아……."

담덕이 안력을 돋우어서 하늘을 바라보았더니 진천룡 일행은 지상에서 오십여 장 높이까지 솟구쳤다가 그곳에서 바람을 타고 동쪽을 향해 표표히 날아가기 시작했다.

그러는가 싶더니 진천룡 일행은 그의 시야에서 곧 사라졌다.

믿기 힘든 광경에 담덕은 그 자리에 선 채 멍한 표정으로 하늘을 바라보았다.

＊　　　　＊　　　　＊

하남성 숭산 소림사 방장실에 장문인과 장로들이 모여서 진중한 표정을 짓고 있다.

상석에는 당금 소림사 장문인 혜각선사(慧覺禪師)가 꼿꼿한 자세로 앉아 있다.

혜각선사 앞에 놓인 검은색의 탁자에는 한 장의 누런 금색 종이가 펼쳐져 있으며, 중인의 시선이 거기에 집중되어 있다.

혜각선사 앞쪽 좌우에는 소림사 장로가 각각 두 명씩 마주 보는 자세로 앉아 있으며 누구도 입을 열지 않고 시간이 흘러갔다.

그러나 침묵으로는 이 일이 해결되지 않을 것이므로 혜각선사가 나직하게 입을 열었다.

"아미타불… 어쩌면 좋겠나?"

사장로 중 한 명이 조심스럽게 물었다.

"초영장(招英狀)이 분명합니까?"

혜각선사는 고개를 끄떡이며 탁자의 금색 종이를 가리켰다.

"그렇네. 여기에 천군성주와 성신도주 두 분의 서명이 적혀 있네."

"초영장이 본파에만 온 것입니까?"

혜각선사는 길게 늘어진 흰 수염을 쓰다듬었다.

"아닐 것이네. 모르긴 해도 구파일방 모두에게 같은 날 초영장이 보내졌을 것이네."

"어떤 내용입니까?"

"영웅문을 공격하라고 적혀 있네."

"영웅문을?"

"항주의 신성(新星)이라는 그 영웅문 말입니까?"

"그렇네."

사장로는 고개를 갸웃거렸다.

"천군성과 성신도가 초영장을 발부할 정도로 영웅문이 악행을 저질렀다는 말입니까?"

"영웅문이 선행과 정의를 베풀었다는 소문은 귀가 따갑게 들었을지언정 악행을 저질렀다는 말은 단 한 번도 들은 적이 없습니다."

사장로는 도저히 납득이 안 간다면서 수군거렸다.

"어험! 험! 그만하시오."

혜각선사는 낮은 기침으로 수군거림을 깼다.

"어쩌면 좋겠느냐고 의중을 물은 것이지 천군성과 성신도를 의심하라고 하진 않았소."

사장로는 찔끔하고는 누군가 무거운 어조로 말했다.

"초영장은 무시하지 못하는 것 아닙니까?"

"그렇소. 그것은 전대의 굳은 결맹이었소."

"장문사형, 만약 무시하면 어찌 되는 겁니까?"

혜각선사는 고개를 절레절레 가로저었다.

"그런 생각은 하고 싶지 않소이다. 본파는 아직 봉문할 때가 아니오."

대답은 나왔다. 초영장을 무시하면 소림사를 봉문해야 할 만큼 위기에 처한다는 것이다.

대장로 혜원대사(慧元大師)가 정중히 물었다.

"장문사형, 초영장에 날짜가 명시되었습니까?"

"다음 달 말까지 영웅문 공격을 개시하라고 적혀 있네."

혜원대사는 바싹 마른 입술에 혀로 침을 바르고 말했다.

"그럼 지금 즉시 무당파와 아미파, 화산파 등에 전서구를 보내는 것이 어떻겠습니까?"

　무당파를 비롯한 다른 문파들에게도 초영장이 왔는지, 왔으면 어떻게 행동할 것인지 의견을 묻자는 뜻이다.

　"전서구를 보내고 다시 받기까지 하루면 충분합니다."

　혜각선사는 잠시 생각하다가 고개를 끄떡였다.

　"알겠네. 즉시 실행하게."

　성신도는 천군성을 처음 개파하는 자리에서 구파일방 장문인들과 강북무림 대방파와 대문파들의 수장들에게 한 가지 약속을 받아냈었다.

　장차 천하 무림에 해악을 끼치는 세력이 나타났을 때 천군성의 능력만으로는 물리치지 못할 경우에, 구파일방과 강북무림의 대방파, 대문파들이 협조를 해야 한다는 결맹이었다.

第二百十六章

두 영웅

영웅문이 팔괘주 주위를 철통같이 경계하고 있는 터에 팔괘주에서는 새 한 마리조차 밖으로 빠져나오지 못했다.

그 말은 천군성이 어디론가 전서구조차도 날리지 못한다는 뜻이다.

전서구를 날리는 족족 팔괘주를 채 벗어나지도 못하고 소나기처럼 퍼부어대는 수천 발의 화살에 맞아서 갈가리 찢어지기 때문이다.

팔괘주에는 정식으로 포구가 존재하지 않기 때문에 천군고수들은 그나마 갖고 있는 몇 척의 배를 둘 곳이 없어 애를 먹고 있는 실정이다.

네 척의 배가 물살에 떠내려가지 않도록 모두 뭍으로 끌어 올렸는데 그때 이후 배를 한 번도 강에 띄운 적이 없었다.

아니, 강에 배를 띄울 수가 없는 상황이다. 영웅문이 장강에 수백 척의 배를 띄워놓은 채 밤낮 삼엄하게 지키고 있기 때문 이다.

그런 상황이기 때문에 천군성이 겨우 네 척의 배에 고수들 을 아무리 많이 태우고 강으로 나가봐야 영웅문의 상대가 되 지 않는 것이다.

팔패주에 집을 짓는 일은 중단되지 않았다.

무려 오만여 명이나 되는 천군고수들이 허구한 날 맨땅에서 잠을 잘 수는 없는 일이다.

그러나 집을 짓는 데 필요한 물자가 소진되고 나면 공사가 중단되고 말 것이다.

＊　　　　＊　　　　＊

천군성 태상군사 하명웅은 벌써 사흘째 잠을 자지 못해서 머리가 지끈거렸다.

평소에 하늘 아래 자신의 두뇌를 능가할 인간은 단 한 명도 없다고 호언장담하던 하명웅이기에 지금의 상황은 뼈에서 살 을 발라내는 것처럼 고통스러웠다.

어쩌다가 일이 이 지경까지 돼버렸는지 모를 일이다. 영웅문을 너무 과소평가한 것인가. 아니면 지나치게 자신만만했던 것인가.

오늘도 하명웅은 팔패주 북쪽 강가에 서서 바다처럼 드넓은 장강을 하염없이 바라보며 자괴감에 빠져 있었다.

그때 뒤에서 인기척이 나더니 공손한 목소리가 이어졌다.

"존하(尊下)."

"무슨 일이냐?"

심복 수하의 목소리라서 하명웅은 돌아보지 않고 가라앉은 목소리로 물었다.

"전서구가 왔습니다."

"뭐야?"

하명웅은 급히 돌아서며 낮게 외쳤다.

팔패주에서 전서구가 일절 나갈 수 없는데 어떻게 전서구가 왔다는 말인가.

심복 수하가 잡고 있는 한 마리 전서구 발목에는 전통이 묶여 있었다.

"어디에서 보냈느냐?"

"모르겠습니다."

"서찰이 들어 있느냐?"

"그렇습니다."

"어서 꺼내라."

하명웅은 심복 수하가 전통에서 서찰을 꺼내는 것을 보며 한 가닥 희망을 걸었다.

"여기 있습니다."

서찰을 읽는 하명웅의 얼굴에 복잡한 표정이 떠올랐다.

"음! 이자가 도대체 어쩌려고……?"

서찰을 다 읽은 하명웅은 미간을 잔뜩 좁히고 중얼거렸다.

팔괘주가 한눈에 굽어보이는 탄매산 아래 쌓은 담 위에서 샛강 건너를 지켜보는 영웅고수가 있다.

팔괘주의 샛강 쪽에는 야트막한 언덕이 있는데 언덕 위에 한 사람이 나타나더니 흰 깃발을 흔들었다.

담 위에서 그것을 지켜보던 영웅고수는 잠시 더 있다가 담에서 뛰어내려 남경으로 달려갔다.

*　　　　　*　　　　　*

진천룡과 부옥령 두 사람은 탄매산 아래 높은 담 위에서 샛강 쪽으로 훌쩍 신형을 날렸다.

두 사람은 나란히 샛강 위를 훌훌 날아갔다.

샛강 건너 팔괘주 강가에는 하명웅과 수십 명의 천군고수들이 당당하게 늘어서 있다.

팔괘주 상류의 똥섬인 와분도가 붕괴된 이후에 샛강은 본래 이십여 장이었던 강폭이 사십 장에서 오십여 장으로 두 배 정도 넓어졌다.

하명웅은 샛강 위를 선 자세로 유유히 날아오는 일남일녀를 뚫어지게 주시했다.

아까 하명웅이 받아 본 서찰은 영웅문주인 진천룡이 직접 보낸 친서였다.

서찰에는 진천룡이 직접 천군성의 최고지도자를 만나고 싶다면서, 수락하면 팔괘주 언덕 위에서 백기를 흔들라고 적혀 있었다.

하명웅은 샛강 위를 날아오는 일남일녀를 보면서 복잡한 표정을 지었다.

저 일남일녀 중 남자가 진짜 영웅문주 전광신수가 맞다면 이것은 놀라운 일이기 때문이다.

팔괘주에는 현재 오만이천여 명의 천군고수들이 득실거리고 있는데 영웅문주가 단 한 사람만을 데리고 팔괘주로 들어오고 있는 것이다.

하명웅은 안력을 돋우어 일남일녀 중에서 남자를 뚫어지게 주시했다.

'저자가 영웅문주라면 진정한 사내대장부다……!'

일남일녀는 오십여 장 거리를 한 번도 바닥을 딛지 않고 단숨에 날아와서 하명웅 등의 전면에 기척 없이 내려섰다.

일남일녀는 바로 진천룡과 부옥령이다. 진천룡은 천군고수 최고 우두머리와 담판을 벌이려고 이곳에 왔다.

부옥령은 열 걸음 전면에 서 있는 하명웅이 천군성의 태상군주라고 전음으로 알려주었다.

진천룡과 부옥령이 하명웅을 향해 똑바로 걷기 시작하자 하
명웅 좌우의 심복 수하들이 검을 뽑으며 쏘아가면서 쩌렁하게
외쳤다.

차차창!

"다가오지 마라!"

"멈춰라!"

하명웅은 자신이 시키지도 않은 행동을 하는 심복 수하들
에게 화가 나서 소리쳤다.

"돌아와라!"

쏘아나갔던 심복 수하들은 즉시 몸을 돌려 원래의 자리로
되돌아왔다.

하명웅은 심복 수하들의 어리석은 행동에 심한 부끄러움을
맛보았다.

영웅문주는 단 두 명이 적의 심장부인 이곳까지 눈 하나 까
딱하지 않고 날아왔거늘, 오만 정예고수가 주둔하고 있는 곳에
서 자신의 수하들은 옹졸한 행동을 한 것이다. 우두머리로서
부끄러운 일이었다.

잠시의 혼란이 있었는데도 불구하고 진천룡과 부옥령은 걸음
을 멈추지 않고 걸어오더니 하명웅 다섯 걸음 앞에서 멈추었다.

"귀하가 천군성 태상군주요?"

하명웅은 정중하게 포권을 했다.

"불초는 하명웅이오."

진천룡도 마주 포권했다.

"진천룡이오."

하명웅은 몸을 옆으로 비키면서 언덕 너머를 가리켰다.

"차라도 나누면서 대화하는 게 어떻겠소?"

언덕 너머에는 오만이천여 명의 천군고수들이 집결해 있는데, 과연 진천룡이 가려고 할지 하명웅은 그게 궁금했다.

진천룡은 빙그레 미소 지었다.

"술이면 좋겠소."

하명웅은 어? 하는 표정을 지었다가 고개를 끄떡였다.

"쓴 박주뿐이지만 기꺼이 대접하겠소."

                    *   *   *

영우문주가 팔패주에 왔다는 소문이 파다하게 퍼지자 천군고수들이 구름처럼 모여들었다.

"물러가라!"

하명웅이 손을 내저으면서 외치자 진천룡이 빙그레 웃으면서 말했다.

"그냥 놔두시오. 모처럼 영웅문주를 구경할 수 있는 기회인데 말이오."

그의 말은 하명웅만이 아니라 주위의 사람들까지 다 듣고 기막히다는 표정을 지었다.

하명웅은 진천룡을 만난 지 반각도 지나지 않았으나 그의 호탕함과 사내다움이 마음에 쏙 들었다.

진천룡과 부옥령은 운집한 수만 명의 천군고수 한복판으로 기세 좋게 걸어갔다.

새로 지은 통나무집 옆에 커다란 모닥불이 타오르고, 그 옆에 임시 술상이 차려졌다.

탁자에는 진천룡과 부옥령, 하명웅 세 사람이 둘러앉았다.

하명웅은 세 개의 잔에 술을 따르고 마시기를 권했다.

"보다시피 척박한 섬이라서 대접이 형편없소. 듭시다."

세 사람은 단숨에 술 한 잔을 비웠다.

하명웅은 술을 따르면서 자주 부옥령을 힐끔거렸다. 어디에서 많이 본 것처럼 낯이 익었기 때문이다.

결국 그는 두 잔째 술잔을 들면서 물었다.

"실례지만 이분 낭자는 누구시오?"

진천룡은 미소 지으며 고개를 끄떡였다.

"본문의 좌호법이오. 사람들은 무정신수라고 부른다오."

"아……."

하명웅은 나직한 탄성을 터뜨리고는 자신의 심정을 솔직하게 말했다.

"매우 낯이 익은 분이라서 그러는데 혹시 낭자는 나를 본 적이 있소?"

부옥령이 말하려는데 진천룡이 먼저 톡 끼어들었다.

"하하하! 그럴지도 모르겠소."

부옥령은 진천룡이 말을 잇기 전에 얼른 그의 옆구리를 살짝 꼬집었다.

"그만하세요."

"어… 그럴까?"

진천룡과 부옥령의 그런 스스럼없는 행동은 누가 보더라도 다정한 연인 같았다.

하명웅은 대화를 부드럽게 이끌기 위해서 짐짓 알은척을 해 보았다.

"하하! 이제 보니 두 분은 연인이었구려."

"아니오. 그렇지 않소."

그런데 진천룡이 손을 저었다.

그러자 부옥령이 입술을 삐죽거렸다.

"그렇게까지 정색을 하고 부인할 건 없잖겠어요?"

진천룡은 벌쭉 웃었다.

"그래도 아닌 건 아니라고 해야지."

그러지 않아도 될 술자리가 화기애애하게 풀어졌다.

누가 보면 오랜 친구끼리 만나서 회포를 푸는 것 같았다.

"험! 내가 여기에 온 것은 말할 게 있어서요."

이윽고 진천룡이 헛기침을 하면서 본론을 꺼냈다.

하명웅은 살짝 긴장하며 고개를 끄떡였다.

"말하시오. 귀를 씻고 듣겠소."

이들 세 사람 주위에는 아무도 없다. 하명웅의 심복 수하들도 십여 장 밖에 물러나 있다.

진천룡이 호기롭게 적진 한복판까지 온 것을 보고 하명웅은 자신도 거기에 걸맞은 행동을 해야 한다고 생각한 것이다.

진천룡은 본론을 꺼냈다고 해서 표정이 바뀌거나 술 마시는 것을 멈추는 행동은 하지 않았다.

그는 손에 쥐고 있는 술잔을 비운 후에 차분하게 말했다.

"길을 터줄 테니 낙양으로 돌아가시오."

하명웅은 진천룡이 그렇게 말할 것이라고 예상했었다.

"어떻게 길을 터준다는 것이오?"

"팔괘주 북쪽에 한 번에 열 척씩 배를 내줄 테니까 그걸 타고 강북으로 건너가시오."

"음."

하명웅은 무거운 표정을 감추지 않았다. 그가 아무리 허풍을 떨고 배짱을 부려도 지금 이곳의 사정이 나쁘다는 것은 삼척동자가 봐도 알 수가 있다.

부옥령이 착 가라앉은 목소리로 거들었다.

"짐작하건대 이곳의 천군고수들은 한 달을 넘기지 못하고 자멸할 거예요."

그것은 부옥령이 잘못 알고 있다. 이곳의 천군고수들은 열흘 치 식량뿐이라서 그때부터는 굶어야만 한다.

그러니까 최대로 견딜 수 있는 시일은 보름뿐이다. 한 달이면 시체가 산처럼 쌓일 것이다.

지금의 하명웅으로선 진천룡이 내민 제안을 무조건 받아들여야만 한다.

그가 지난 며칠 동안 밤잠을 이루지 못하고 고민했던 것이 바로 그 때문이었다.

식량이 떨어지면 오만이천여 천군고수들이 굶어야만 하고, 결국에는 굶어서 죽는 어이없는 일이 벌어지고 만다.

그렇지만 그보다도 하명웅의 관심을 잡아 끄는 일이 있다.

그는 부옥령을 처음 보고 매우 낯이 익다고 생각했는데 방금 그녀의 목소리를 듣고는 누군지 즉시 알아차렸다.

'흑봉검신……!'

부옥령의 천군성 시전 별호가 흑봉검신이었다.

부옥령은 아차! 싶었다. 자신이 말을 하는 바람에 하명웅이 그녀가 누군지 알아차렸을 것이기 때문이다.

그러나 설혹 알아차렸다고 해도 부옥령이 끝까지 시치미를 떼고 있으면 하명웅으로서도 어쩔 도리가 없을 것이다.

하명웅은 미간을 찌푸린 채 생각하다가 진천룡에게 말했다.

"어째서 살길을 열어주는 것이오? 귀하의 말에 의하면 가만히 놔두면 우리가 자멸할 것이 아니겠소?"

"나는 천군고수들이 죽는 것을 원하지 않소."

"이유가 무엇이오?"

하명웅은 그때 처음으로 진천룡이 매우 진지하면서도 심각한 표정을 짓는 것을 보았다.

그는 진천룡이라는 사람은 그저 유쾌하고 가벼운 성품이라고만 여겼었다.

잠시가 지난 후에 진천룡이 말했다.

"이유는 말할 수 없지만 어쨌든 천군고수들이 죽는 것을 원하지 않소."

그때 하명웅은 뭔가 뇌리를 스치는 것이 있었다.

"귀하는 천하제패의 야망 같은 것이 없소?"

"그건 왜 묻는 것이오?"

"강남무림의 절대자인 검황천문까지 손에 넣었다면 그다음 행보는 천하제패가 아니겠소?"

진천룡은 더없이 진지하게 말했다.

"귀하가 천군고수들을 이끌고 강북으로 돌아간다면 나는 천하제패를 하지 않고 강남 땅에서 벗어나지 않을 것이오."

*　　　　　*　　　　　*

하명웅은 적잖이 놀란 표정을 지었다. 그로서는 진천룡을 도저히 이해할 수가 없기 때문이다.

첫째, 진천룡은 팔괘주에 갇혀 있는 오만여 명이나 되는 천군고수들에게 생로를 열어준다고 했다.

하늘을 오시할 정도로 자신의 두뇌를 믿는 하명웅조차도 빠져나갈 방법을 찾아내지 못하고 있는 절망적인 상황이다.

그러므로 영웅문으로서는 지금 이대로 가만히 내버려 둬도 팔패주의 천군고수 오만여 명은 전멸하고 말 것이다.

그런데 모두 아무 조건 없이 살려주겠다고 한다. 심지어 배까지 동원하여 친절하게 장강 북쪽까지 고이 태워주겠다는 것이다.

둘째, 천군고수들이 낙양의 천군성으로 돌아가면 진천룡이 천하제패를 접겠다고 한다.

그 말을 달리 해석하면 천군성이 천하대계를 하면 영웅문이 천군성을 상대로 싸워 이겨서 천하제패를 하겠다는 뜻이다.

하명웅은 아무리 곰곰이 생각을 해봐도 진천룡이 이러는 이유를 도저히 짐작조차 할 수가 없다.

하명웅은 한참 생각하다가 이윽고 진지하게 말했다.

"이유를 말해주시오."

"허어……."

"이유를 말해주면 귀하의 제안에 대해서 진지하게 생각해보겠소."

하명웅은 진천룡이 도대체 왜 그러는지 꼭 알고 싶었다.

"이유를 말해주지 않으면 내 제안을 무조건 거절하겠다는 뜻이오?"

"그렇게 생각한다면 내 뜻을 제대로 파악한 것이오."

하명웅은 완고한 표정을 지었다.

그의 요구 때문에 진천룡이 자신의 제안을 철회한다면 그야 말로 낭패다.

그런데도 하명웅은 궁금증을 해소하는 쪽으로 강행했다. 이유를 들어봐야 알겠지만, 진천룡이 자신의 제안을 쉽게 철회하지 않을 것이라는 확신이 생겼다.

진천룡으로서는 자신이 이러는 이유를 말하지 않는 쪽이 좋겠지만 굳이 희생을 감수하면서까지 그럴 필요는 없다.

진천룡은 잠시 고개를 숙이고 생각에 잠겼다.

하명웅은 그 모습을 보며 그가 과연 무슨 말을 할지 몹시 궁금한 표정을 지었다.

이윽고 진천룡이 고개를 들자 하명웅은 물론이고 부옥령까지 긴장하는 표정을 지었다.

진천룡의 까칠한 입술이 열리며 착 가라앉은 목소리가 흘러나왔다.

"옥군을 사랑하기 때문이오."

"……!"

하명웅은 순간적으로 자신의 귀를 의심했다. 옥군이라면 천군성주인 천상옥녀를 말하는 것일 게다.

진천룡이 지금 이 자리에서 하명웅이 모르는 여자를 들먹일 리가 없다.

하명웅은 뜨악한 표정으로 물었다.

"천군성주를 말하는 것이오?"

"그렇소."

"귀하가 천상옥녀를 사랑한다는 말이오?"

"그렇소."

"하아……"

하명웅은 평소 여러 개의 얼굴을 갖고 있지만 지금은 미처 그런 것을 생각할 겨를 없이 있는 그대로의 착잡한 표정이 드러났다.

하명웅은 다시 한번 정리가 필요했다.

"성주께서도 귀하를 사랑하오?"

"그렇소."

진천룡은 당연하다는 듯 고개를 끄떡였다.

하명웅은 자신이 지금 악몽을 꾸고 있다는 생각이 들었다.

사실 하명웅은 설옥군을 짝사랑하고 있다. 어느 정도냐 하면 목숨을 바쳐도 아깝지 않을 만큼 그녀를 사랑한다.

그렇기 때문에 진천룡의 말은 하명웅에게 말로 형용하기 어려울 정도로 큰 충격을 주었다.

더구나 설옥군이 진천룡을 사랑하고 있다고 그가 자신 있게 말하고 있지 않은가.

반면에 하명웅은 설옥군에게 그런 말을 들어본 적이 없다. 아니, 설옥군은 하명웅이 자신을 사랑하고 있는지조차 알지 못할 것이다.

그래서 하명웅은 다시 한번 확인해야만 했다.

"성주께서 귀하를 사랑한다고 그분 입으로 말했소?"

"그렇소."

"틀림없소?"

"틀림없소. 옥군은 한두 번이 아니라 여러 번 날 사랑한다고 말했었소."

"그럴 리가 없소."

하명웅이 아는 한 설옥군은 누군가에게 더구나 남자에게 절대로 사랑한다고 말할 여자가 아니다. 그것만은 목숨을 걸어서라도 믿고 있는 하명웅이다.

진천룡은 어깨를 으쓱했다.

"믿지 못하면 어쩔 수 없소."

하명웅은 '그럴 리가 없다'라고 힘주어 말했으면서도 내심 착잡하기 이를 데 없었다.

진천룡이 이렇게 자신만만하고 천연덕스럽게 말하는 것을 보면 뭔가 있기 때문일 것이다.

더구나 그가 팔패주의 오만 천군고수들을 놓아주려는 것이나, 천하제패를 하지 않겠다고 말하는 것을 보면 설옥군과 사랑하는 사이여야만 이치에 맞는다.

진천룡은 술병에 남은 마지막 술을 자신의 잔에 부으면서 물었다.

"나는 사실을 말했소. 이제 귀하 차례요. 어쩌겠소?"

하명웅은 팔짱을 끼고 고개를 약간 숙인 채 깊은 고민에 빠진 모습이다.

진천룡은 마지막 술을 마시고 나서 일어나며 말했다.

"지금 당장 결정하지 않아도 좋소. 며칠 동안 잘 생각해 보고 결정하시오."

하명웅은 고개를 들고 진천룡을 쏘듯이 주시하다가 자연스럽게 자신의 빈 잔을 들어서 뒤집어놓았다.

부옥령은 그걸 보고 눈빛이 싸늘하게 변해서 즉시 하명웅에게 전음을 보냈다.

[하명웅, 악수를 두는구나.]

"⋯⋯!"

하명웅은 움찔하며 부옥령을 쳐다보았다. 술잔을 뒤집어놓는 것은 공격 명령이다.

즉, 진천룡과 부옥령을 살려서 보내지 말라는 제거 명령인 것이다.

부옥령의 전음을 들은 하명웅은 이번에야말로 그녀가 누군지 제대로 간파했다.

'흑봉검신 부옥령! 역시 당신이었구나.'

하명웅은 재빨리 상황 파악을 해보았다. 사십 대인 부옥령이 십칠 세 소녀로 변했다는 것은 그녀가 초범입성의 경지에 들어 반로환동을 했다는 뜻이다.

그녀는 인피면구를 쓰거나 역용으로 모습을 바꾸는 행위를 매우 경멸하므로 반로환동하여 회춘한 것이 분명하다.

그렇다면 영웅문주 진천룡의 공력수위도 부옥령과 비슷할 것이다.

곰곰이 주판알을 튕기던 하명웅은 결정을 내렸다.

'이대로 보낼 수 없다.'

진천룡과 부옥령이 제아무리 초범입성에 반로환동의 경지에 이르렀다고 해도 겨우 두 명뿐이다.

그 두 명이 오만이천여 명의 천군고수들을 당해낼 것이라고 생각하지 않는다.

'도대체 천군성의 흑봉검신이 어떻게 영웅문주의 최측근이 됐다는 말인가?'

하명웅은 무정신수가 바로 부옥령이었다는 사실을 깨달았다.

그러나 그의 고민은 길지 않았다. 어떻게 됐든지 간에 지금은 적이므로 죽이거나 제압하면 된다.

진천룡과 하명웅이 있는 모닥불에서 십 장 밖으로 물러나 있던 천군고수들이 대열을 정비하며 빠르고도 치밀한 포위망을 짜면서 모여들었다.

진천룡은 하명웅이 술잔을 뒤집는 것 따위의 신호를 모르지만 분위기가 심상치 않다는 것을 이미 감지했다.

그는 하명웅을 보며 빙그레 웃었다.

"하하! 이게 귀하의 대답이오?"

"그렇소."

하명웅이 굳은 얼굴로 대답하자 진천룡은 고개를 젖히고 호탕하게 웃었다.

"하하하하! 영웅은 되지 못해도 사내일 것이라고 여겼는데 이제 보니까 쥐새끼였구나!"

평소 자신을 영웅호걸이라고 자신했던 하명웅은 입이 열 개라도 반박하지 못했다. 지금 그가 취하는 행동은 쥐새끼나 마찬가지였다.

진천룡은 호의로 대할 땐 끝이 없지만 아니라고 생각하면 냉정하게 호의를 거두어 버린다.

하명웅은 탁자에서 일어나 천천히 뒷걸음치고, 그의 심복 수하와 호위고수들이 주위로 모여들었다.

진천룡은 하명웅을 제압할 수 있지만 일부러 그가 멀어지도록 내버려 두었다.

이윽고 하명웅은 오 장가량 물러나서 그 정도 거리면 안심이라고 여겼는지 멈추었다.

하명웅은 진천룡을 보며 짐짓 웅혼하게 외쳤다.

"여기가 귀하의 무덤이 될 것이오!"

진천룡은 유쾌하게 웃었다.

"하하하하! 나는 네가 어째서 갑자기 공격을 하는 것인지 이제야 깨달았다."

하명웅이 대꾸하지 않고 가만히 있자 진천룡이 말을 이었다.

"너는 네 상전인 옥군을 사랑하고 있구나. 그렇지 않느냐?"

"그런 말을……."

하명웅은 크게 당황하여 주위의 측근들을 쳐다보았다. 그의 그런 행동이 이미 진천룡의 말을 인정한다는 뜻이었다.

그러나 진천룡은 아랑곳하지 않고 껄껄 웃었다.

"그렇기 때문에 옥군이 나를 사랑한다니까 질투에 눈이 뒤집혀서 우릴 죽이려는 것이다."

"닥쳐라!"

하명웅은 버럭 노성을 질렀다.

영웅처럼 행동하던 사람이 한순간에 소인배로 변하기란 참으로 쉬운 일이다.

진정한 영웅은 어느 순간에도 변함이 없지만, 이렇게 시시때때 감정이 변하는 영웅은 영웅이 아니다.

진천룡은 절반 정도 사자후를 섞어서 웅혼한 목소리로 말했다.

"모두 들어라! 나는 팔괘주에 있는 천군고수 모두가 순순히 물러난다면 배를 내주어 강 건너까지 갈 수 있도록 해주겠다고 태상군사에게 제의했었다."

진천룡은 자신과 하명웅 사이에 있었던 대화의 골자를 모두에게 알리려는 것이다.

"그런데 태상군사가 거절했다. 그러므로 너희들은 이제 죽는 길밖에 없다."

하명웅이 날카롭게 외쳤다.

"공격하라!"

진천룡은 하명웅을 향해 손을 뻗었다.

"이리 오너라."

진천룡이 오란다고 갈 하명웅이 아니다. 그렇지만 그는 가고 싶지 않아도 갈 수밖에 없다.

왜냐하면 진천룡이 접인신공을 전개하여 그를 꼼짝하지 못하게 묶은 채 끌어당기고 있기 때문이다.

"으… 어……."

절정고수 수준인 하명웅은 자신이 오 장 정도 물러나면 진천룡의 사정권 밖이라고 생각했었다.

그런데 그것은 그의 착각이었다. 진천룡의 실력이라면 그가 십 장 밖에 있어도 끌어당길 수가 있다.

하명웅은 전신의 공력을 극한으로 끌어올려 진천룡의 접인신공에 맞섰다.

"으으으……."

그러나 그는 상체가 뒤로 젖혀진 비스듬한 자세에서 천천히 진천룡에게 끌려가기 시작했다.

그 순간 하명웅의 측근들이 일제히 무기를 뽑으며 끌려가는 하명웅의 앞쪽을 마구 그어댔다.

차아앙! 챠아악!

진천룡이 발휘하는 보이지 않는 무형의 줄을 끊겠다는 단순한 생각에서다.

오른손을 느릿하게 끌어당기던 진천룡이 어느 순간 손목을 슬쩍 뒤집었다.

파파팍!

"으음……."

하명웅은 마혈이 제압되어 그나마 버티던 공력이 일시에 사라져 버려 쏜살같이 진천룡에게 끌려갔다.

쉬이익!

"으어어……!"

하명웅은 자신이 화살처럼 빠르게 진천룡에게 쏘아가자 크게 놀라서 신음을 흘렸다.

그러다 하명웅은 진천룡 세 걸음 앞에서 뚝 정지했다.

담담한 표정으로 서 있는 진천룡 세 걸음 앞에 멈춘 하명웅은 소나기처럼 비지땀을 흘렸다.

"으으……."

진천룡은 뒷짐을 지고 하명웅을 보면서 씁쓸한 표정으로 말했다.

"정녕 이런 방법밖에 없느냐?"

"으으……."

진천룡이 자신을 죽일 것이라고 짐작한 하명웅은 체념 어린 표정을 지었다.

"이게 내 최선의 길이오."

"너의 최선이 아니라 여기에 있는 모두의 최선을 선택했어야 한다."

"……."

하명웅은 할 말을 잃었다. 그는 사사로운 감정 때문에 오만 이천여 명의 생사를 도외시한 결정을 내렸기 때문이다.

진천룡은 냉엄한 표정을 지었다.

"너는 그 대가를 치러야 할 것이다."

이어서 그는 가볍게 손을 내저었다.

그러자 하명웅이 마혈이 풀려서 왔던 곳으로 둥실 가랑잎처럼 날아갔다.

"으어어……."

하명웅이 날아오자 측근들이 다급히 손을 뻗어 그를 붙잡았다.

진천룡은 우뚝 서서 두 팔을 약간 벌려 보였다.

"자! 하고 싶은 대로 마음껏 해봐라."

第二百十七章

칠종칠금(七縱七擒)

진천룡의 행동에 하명웅은 수치심을 느꼈다.

제갈량이 맹획을 일곱 번 놓아주고 일곱 번 사로잡았다는 칠종칠금(七縱七擒)이 생각났기 때문이다. 제갈량은 맹획을 마음대로 다룰 수 있었다.

방금 진천룡은 하명웅을 제압했다가 놔주면서 너를 내 마음대로 할 수 있음을 보여준 것이다. 즉, 언제라도 널 제압할 수 있다는 뜻이다.

하명웅은 진천룡이 오만여 명의 천군고수들을 조금도 두려워하지 않는다는 사실을 깨달았다.

그러나 하명웅 생각으로는 비록 초범입성에 이른 반로환동이 대단한 경지이긴 하지만 진천룡이 허세를 부리는 것이라고 생각했다.

천군고수 오만여 명을 상대로 살아나는 일보다는 장강이 거꾸로 흐르기를 바라는 것이 쉬울 터이다.

진천룡은 빙그레 웃었다.

"네가 경주는 마다하고 벌주를 선택했으니 어떤 벌을 받을지 기대하려무나."

하명웅은 왠지 불길한 예감이 들었지만 떨쳐내려고 애썼다. 그럴 리가 없기 때문이다.

하명웅이 진천룡과 부옥령을 가리키며 우렁차게 외쳤다.

"천군칠천은 저자들을 죽여라!"

조금 전까지만 해도 진천룡을 제압할 생각이었으나 지금은 생각이 바뀌었다.

아예 천참만륙 갈가리 찢어 죽이고 싶었다. 진천룡은 그에게 견딜 수 없는 모멸감을 안겨주었다.

순간 사방에서 수백 명의 고수들이 기다렸다는 듯이 진천룡과 부옥령을 향해 쏘아갔다.

쏴아아!

쏘아가는 소리가 흡사 장대비가 쏟아지는 것 같았다.

부옥령은 진천룡을 슬쩍 쳐다보면서 화사한 미소를 지었다.

"우리 한번 재미있게 놀아봐요."

"그러자."

부옥령은 과거 자신의 수하였던 천군고수들과 싸우면서 추호도 가책을 느끼지 않았다. 그녀는 이미 철저히 영웅문 사람이기 때문이다.

최소 천이백여 명의 고수들이 사방에서 두 사람을 향해 쏘아오는데 마치 십여 명이 공격하는 것처럼 일사불란했다.

그것만 봐도 그들이 얼마나 완벽한 정예고수인지 알 수 있다.

하명웅은 날카로운 눈빛으로 자리에서 그대로 서 있는 두 무리의 천군고수들을 번갈아 쏘아보았다.

그들은 천군성 천군칠천 중에 상천과 동천이었다.

천군칠천의 최상위인 상천은 오로지 성주만이 움직일 수가 있으며, 동천은 공격대상이 진천룡과 부옥령이기 때문에 하명웅 명령에 따르지 못하는 것이다.

동천주 백강조와 부천주들은 얼마 전에 진천룡의 수하가 되기를 천명했었다.

하명웅은 상천 백 명과 동천 삼백 명을 가리키며 버럭 호통을 쳤다.

"너희들은 공격하지 않고 무얼 하는 것이냐?"

그래도 상천과 동천은 꿈쩍도 하지 않았다.

상천은 설옥군의 명령 없이는 요지부동이고, 동천은 주군을 공격하지 못했다.

하명웅은 상천과 동천에 대한 일은 나중에 따지기로 하고 지금은 진천룡과 부옥령을 공격하는 일에 전념하기로 했다.

진천룡과 부옥령은 서로 세 걸음 거리에서 등지고 쇄도하는 적들을 담담히 바라보며 공력을 끌어올렸다.

단 두 명을 무려 천이백 명이 합공하는 일은 무림사에 전례가 없는 일이다.

콰아우웅!

사방의 지상과 허공에서 합공을 퍼붓는 음향은 마치 뇌성벽력을 방불케 했다.

츠웅!

부옥령은 두 팔을 내밀어 양손에 무형의 빛나는 한 쌍의 검을 만들었다.

우르릉…….

진천룡이 두 손을 한 자 거리를 두고 마주 보게 하면서 움켜잡는 자세를 취하자 두 손 사이에 오색의 거세고 맹렬한 와류가 형성되었다.

그의 입가에 잔잔하지만 냉혹한 미소가 어렸다.

"오너라."

천이백 명 중에서 최초의 공격자 백여 명이 검풍을 쏟아냈다.

쫘르르릉!

백여 개의 검풍이 단 두 사람 진천룡과 부옥령을 향해 노도처럼 쏟아졌다.

한 줄기 검풍이면 암석에 반 뼘 깊이 구멍을 뚫고, 오십 줄기 검풍이 합쳐지면 작은 언덕을 평지로 쓸어버리는 엄청난 위력이다.

그런 위력이 진천룡과 부옥령에게 가해지고 있는 것이다.

최초의 공격이 끝나면 그 즉시 두 번째 백여 명이 대기하고 있다가 공격을 개시할 것이다.

"시작해요."

부옥령의 부드러운 목소리를 시작으로 두 사람은 적들을 향해 반격을 개시했다.

호랑이가 한 마리 늑대를 상대할 때에도 전력을 다하듯이, 두 사람은 추호도 방심하지 않고 또한 적들을 무시하지도 않으며 반격에 전력을 다했다.

두 사람의 양손이 힘차게 전방을 향해 뻗어졌다.

후우웅!

비유우움!

허공을 진저리 치게 만드는 굉음이 울리면서 오색의 와류와 두 줄기 무형신력이 뿜어졌다.

강기보다 두 배 이상 더 위력적인 것이 신력이다.

두 사람의 공격은 뿜어져 전방으로 쏘아가면서 부챗살처럼 넓게 확산되었다.

화우우웅!

적 백 명이 연합한 두 개의 굵은 검풍이 진천룡과 부옥령의 부챗살 같은 신력을 파고들다가 모래 속에 스미는 물처럼 소멸됐다.

다음 순간 진천룡의 오색신력과 부옥령의 무형검신력이 지상과 허공을 휩쓸었다.

구과아우웅!

콰차차차창! 콰드드득!

"우욱!"

"끄윽!"

"어흑!"

굉음과 동시에 검들이 모조리 부러지고 뼈가 조각나는 음향이 천지간에 울려 퍼졌다.

진천룡과 부옥령은 천군고수들을 죽이지 않았다. 다만 검을 부러뜨리고 팔다리를 분질러 더 이상 저항을 하지 못하도록 만들었다.

진천룡과 부옥령은 서로 등진 자세에서 천천히 왼쪽으로 회전하면서 오색신력과 무형검신력을 발출했다.

과우우웅!

얼핏 보기에는 그냥 발출하는 것 같지만 오극성궁력의 오색신력과 무형검신력 속에는 최소한 열 줄기의 미세 공격이 뿜어지고 있으므로 그것들이 정확하게 적들의 검과 팔다리를 부러뜨리는 것이다.

쿠쿠쿵!

최초에 반격을 당한 천군고수 이십여 명이 둔탁한 소리를 내며 지상에 쓰러져 나뒹굴었다.

과우우웅!

콰차차차창!

"흐윽!"

"아윽!"

두 번째 이십여 명의 검과 팔다리가 수수깡처럼 부러지고 와르르 가랑잎처럼 지상에 흩어지며 떨어졌다.

그런 광경을 멀찍이에서 지켜보던 하명웅이 다급하게 외쳤다.

"측면을 공격하라!"

진천룡과 부옥령이 서로 등지고 있기 때문에 분명히 양쪽 측면이 약점이긴 했다.

그러나 두 사람이 회전을 하면서 부챗살처럼 공격을 펼치고 있었으므로 천군고수들이 측면을 공격할라치면 이미 부챗살의 반격권 안에 들어가기 때문에 명령은 조금도 실효를 거두지 못했다.

설사 천군고수들이 정확하게 측면을 공격하더라도 진천룡과 부옥령이 그것을 간파하고 그 즉시 부챗살보다 더 넓게 그리고 더 좁게 자유자재로 반격하기 때문에 아무 소용이 없었다.

콰자자자작!

"흐윽!"

"아윽!"

세 번째 반격에 또다시 검과 팔다리가 부러진 이십여 명의 천군고수들이 무더기로 쓰러졌다.

적이 천이백 명이라고 해도 진천룡과 부옥령을 공격할 수 있는 인원은 최대 백여 명밖에 안 된다.

공간이 협소하기 때문에 백 명 이상이 합공을 하면 서로 몸이 닿고 부딪혀서 공격 자체가 이루어지지 않는다.

세 번의 합공으로 이미 육십여 명이 나뒹굴었지만 천군고수들은 그걸 보지 못한 듯 여전히 네 번째 공격을 이어나갔다.

천군고수들이 공격을 멈추지 않는 이유는 두 가지다. 하명웅이 공격 명령을 철회하지 않았으며, 천군고수들은 애초부터 두려움을 모르기 때문이다.

하명웅이 바보가 아닌 이상 무리한 공격을 계속 이을 수는 없는 노릇이다.

하지만 당장 어떤 뾰족한 방법이 생각나지 않았다. 아마 진천룡과 부옥령이 저처럼 고강할지 몰랐다는 충격이 머릿속을 휘젓고 있기 때문일 것이다.

만약 상천이 이 싸움에 가담한다면 상황이 크게 달라질 것이지만 명령에 따르지 않으므로 그것은 기대할 수가 없다.

상천은 이름값을 할 정도로 막강한 절정고수들로만 구성되어 있다.

그때 하명웅은 어떤 생각이 번쩍 떠올라서 다급히 외쳤다.

"삼벽집공(三壁集攻)을 전개하라!"

다음 순간 네 번째 공격을 하던 천군고수 백 명이 급히 튕기듯이 뒤로 물러났다.

삼벽집공이란 하명웅이 직접 창안한 전투술인데 세 겹의 벽을 치고 한 방향을 집중적으로 맹공하는 공격술이다.

말하자면 철벽을 쌓고 벼락을 때리자는 것이다.

진천룡과 부옥령은 아무 행동도 취하지 않은 채 서 있는데, 천군고수들은 순식간에 두 사람을 에워싸며 겹겹이 포위망을 형성했다.

아니, 형성했다 싶었는데 어느새 첫 번째 공격이 전개되고 있었다.

겹겹이 에워싼 세 개의 포위망 중에서 세 번째 포위망 뒤쪽의 천군고수들이 공격했다.

그러니까 천여 명이 세 겹의 포위망을 탄탄하게 형성하고 그 너머에서 이백사십여 명이 세 겹의 포위망 틈새로 집중 공격을 퍼붓는 것이다.

그런데 세 겹의 포위망이라고 해서 그들이 가만히 있는 게 아니다.

그들은 일제히 장풍을 발출하여 진천룡과 부옥령을 공격하는 동시에 그것으로 벽을 만들었다.

천여 명의 장풍이 벽을 만들면 그것이 철벽이 된다.

네 번째 벽을 형성한 고천의 최정예고수들이 빙 둘러 열두 군데에서 강기를 뽑아냈다.

콰우우웅!

열두 줄기 강기의 한 줄기 한 줄기는 이십여 명의 강기가 합쳐진 것이므로 이미 신력 수준 이상이다. 즉, 강기들을 모아서 신력을 만들었다.

십이방에서 쇄도하는 십이신력의 위력은 설사 진천룡과 부옥령이라고 해도 좌시할 수가 없는 수준이다.

진천룡과 부옥령이 십이신력을 방어할 수는 있어도 방어와 동시에 반격하기는 어렵다.

그래서 진천룡과 부옥령은 다른 방법을 선택했다. 옛말에 꿩 잡는 게 매라고 했다. 어떻게 하든 이기면 되는 것이다.

콰우우우웅!

십이방에서 발출한 십이신력이 허공을 진저리 치게 만들면서 진천룡과 부옥령을 향해 쇄도했다.

쫘드드드등!

그 순간 천번지복의 엄청난 굉음이 터지며 십이신력이 한 곳을 강타했다.

웅웅웅웅…….

십이신력을 발출한 이백사십여 명의 두 팔이 저리고 몸이 움찔거릴 정도의 엄청난 반탄력이 느껴졌다.

그런데 진천룡과 부옥령의 모습이 사라졌다. 십이신력은 자기들끼리 격돌한 것이다.

'도망친 것인가?'

지상에서 약간 높은 곳에 서 있는 하명웅은 눈을 부릅뜨고 전면을 쏘아보았다.

그런데 바로 그때 그의 뒤에서 조용한 음성이 들렸다.

"우릴 찾는 것이냐?"

"으헛!"

하명웅은 소스라치게 놀라서 뒤를 향해 맹렬한 일장을 발출하면서 몸을 날려 피하려고 했다.

파파팍……

"으음……."

하명웅의 시도는 단지 생각으로만 끝나고 마혈이 제압되어 뻣뻣하게 굳어버렸다.

천군고수들은 진천룡과 부옥령을 놓치고 두리번거리면서 우왕좌왕하다가 뒤늦게 두 사람이 하명웅을 제압했다는 사실을 발견하고 크게 놀랐다.

진천룡은 뒷짐을 지고 빙그레 미소 지었다.

"나는 언제든지 너를 제압할 수 있다."

"으음……."

하명웅은 입이 백 개라도 할 말이 없었다. 진천룡이 칠종칠금을 직접 실천하고 있기 때문이다.

부옥령은 진천룡과 다르게 싸늘한 얼굴로 꾸짖었다.

"하 군사, 마지막 기회를 주겠다. 우리 제안을 순순히 받아들여라."

"아⋯⋯."

하명웅은 크게 놀란 얼굴로 부옥령을 쳐다보았다. 예전에 천군성 좌호법 부옥령이 하명웅을 '하 군사'라고 호칭했기 때문이다.

"당신은 과연 부 호법이었군."

하명웅은 부옥령을 사납게 쏘아보았다.

"어째서 천군성을 배신한 것이오?"

"난 누구도 배신한 적이 없다."

"무슨 헛소리요?"

부옥령은 담담한 얼굴로 말했다.

"내가 충성하는 것은 천군성이 아니라 성주이신 천상옥녀였다."

"그러니까 그분을 배신한 것이 아니오?"

부옥령은 옆에 서 있는 진천룡을 가리켰다.

"이분과 소저께선 연인이시다. 그래서 나는 두 분을 모셨다. 이후 소저께서 떠나시자 나는 계속 이분을 모시고 있는 것이다. 무엇이 잘못되었느냐?"

"그게⋯⋯."

하명웅은 놀라서 잠시 말을 잇지 못하다 벌컥 화를 냈다.

"헛소리하지 마시오!"

그는 설옥군을 짝사랑하고 있기에 그녀가 진천룡과 연인이라는 말이 세상이 끝나는 소리로 들렸다.

그는 천군고수들에게 버럭 악을 썼다.

"무엇들 하느냐? 당장 공격해서 이들을 죽여라!"

그의 명령이 떨어지자 천군고수들은 일제히 몸을 날려 진천룡과 부옥령을 공격했다.

쏴아아!

하명웅이 제압된 상태인데 어쩌나 하는 걱정 따윈 추호도 없이 명령이 떨어지면 즉각 실행에 옮긴다.

하명웅은 명령을 멈추지 않았다.

"전군은 쇄벽강공(鎖壁强攻)을 전개하라!"

그는 몸을 움직이지 못하지만 공력을 운기할 수 있으므로 우렁찬 사자후를 터뜨렸다.

"한 명도 물러서지 말고 공격하라!"

진천룡은 부옥령을 보며 흐릿한 미소를 지었다.

"귀엽게 노는군."

그런데 부옥령의 얼굴이 돌처럼 굳어 있는 것을 보고 진천룡은 의아한 표정을 지었다.

"왜 그러느냐?"

부옥령은 두 가지 때문에 놀랐다. 하나는 '쇄벽강공' 때문이고, 또 하나는 방금 누가 나타나서 그녀에게 전음을 보냈기 때문이다.

'쇄벽강공'은 천군성 최후, 최고의 절진이다. 그것이 전개되면 설혹 신이 온다고 해도 빠져나가지 못한다.

최소한 부옥령은 그렇게 알고 있다. 천군성에 '쇄벽강공'이 존재한다는 사실을 어째서 조금 전까지는 기억해 내지 못했는지 기가 막힐 노릇이다.

부옥령은 주위가 어두컴컴해지는 것을 느끼면서 진천룡에게 급히 전음을 했다.

[당장 빠져나가야 해요.]

[왜?]

[어서요!]

부옥령이 몸을 날려 빠져나가려고 진천룡의 손을 잡는 순간, 주위는 완전히 캄캄해졌다.

그때 주위를 둘러보던 진천룡의 얼굴에 놀라움도 아니고 어이없음도 아닌 묘한 표정이 떠올랐다.

"뭐야, 저게?"

허공에 거대한 장막이 드리워져 있었다. 그것은 마치 거대한 검은 천을 뒤집어쓴 것 같았다.

그런데 자세히 보니 그 장막은 사람들 즉, 천군고수들이다. 수천, 아니, 수만 명이 서로 연결되어 지상에서 하늘로 이어져 주위 수백 장 이내를 촘촘한 그물처럼 뒤덮고 있었다.

[천군고수들이잖아?]

진천룡은 사람들이 짠 그물 즉, 인망(人網)이라서 대수롭지 않게 생각했다.

수만 명이 하늘을 향해 팔다리를 활짝 벌리고 있으며, 그 아래 사람이 위쪽 두 사람의 다리를 팔을 쭉 뻗어서 하나씩 붙잡고 있는 기묘한 자세다.

그런데 인망은 한 겹이 아니라 여러 겹이다. 안쪽에서는 도대체 몇 겹인지 알 수가 없는 구조다.

진천룡은 부옥령의 표정이 굳은 것을 보고 이 인망이라는 것이 심상치 않은 것임을 직감했다.

부옥령의 얼굴이 더 심각해졌다.

[쇄벽은 절대 못 뚫어요.]

[말도 안 된다.]

진천룡이 솟구치려는 것을 부옥령이 급히 손을 잡았다.

[하지 말아요. 반탄력에 맞으면 크게 다치거나 죽어요!]

그래도 진천룡은 쇄벽이라는 것이 얼마나 강한지 한번 시험해 보고 싶었다.

그런 그의 마음을 알았는지 부옥령이 그의 손을 더욱 힘껏 잡았다.

[그럼 이제 어떻게 하지?]

[이놈을 인질로 삼아서 탈출해요.]

설마 하명웅이 자신의 목숨까지 내놓으면서 진천룡과 부옥령을 죽이려고 하진 않을 것이라고 생각했다.

부옥령은 자신에게 전음을 보낸 사람을 무시하기로 했다.

그런데 그때 하명웅이 벼락같이 고함을 질렀다.

"공격하라!"

진천룡은 인망 즉, 쇄벽을 치고 있는 상태에서 어떻게 공격을 할지 궁금했지만 공격을 당하고 싶지는 않았다.

진천룡은 하명웅의 뒷덜미를 움켜잡고 냉랭하게 명령했다.

"공격을 멈춰라."

하명웅은 잔인하게 웃었다.

"우리 같이 죽자."

진천룡은 뭐 이런 놈이 다 있지? 하는 표정을 지었다.

사람이란 누구나 자신의 목숨은 아까운 법인데 하명웅은 목숨을 버리면서까지 진천룡을 죽이고 싶다는 것이다.

쿠우우…….

그때 쇄벽이 빠르게 좁혀지기 시작했다. 원래는 수백 장 거리였는데 순식간에 백여 장으로 좁아지더니 더욱 빠른 속도로 좁아졌다.

진천룡은 하명웅의 목을 움켜잡고 으르딱딱거렸다.

"이놈! 죽여 버리겠다!"

"끄으윽… 그… 그래… 어서… 죽… 여라…….'

하명웅은 얼굴이 새빨개진 상태에서 징그럽게 웃으며 말했다.

진천룡은 하명웅을 위협해봤자 소용이 없다고 판단했다.

조금 전에 부옥령에게 온 전음의 내용은 무릎을 꿇으라는 것이었다.

전음을 보낸 사람은 성신도의 대도주인 화라연이었다. 무릎을 꿇어서 복종의 뜻을 표하면 살려준다는 뜻이다.

부옥령은 화라연이 왔다면 설옥군도 같이 있을 것이라고 짐작했다.

그리고 설옥군이 있는 한 진천룡을 절대 죽이지 않을 것이라고 판단했다.

화라연 또한 영웅문에서 몇 달 동안 함께 머물면서 진천룡을 많이 귀여워하지 않았던가.

부옥령은 진천룡에게 전음을 했다.

[그자를 죽이지 말아요.]

진천룡은 왜 그러느냐 묻지 않고 잡고 있던 하명웅의 목을 놔주었다.

부옥령은 쇄벽이 점차 좁혀오는데도 진천룡에게 무릎을 꿇자고 말하지는 않았다.

그녀가 목숨보다 더 사랑하는 진천룡에게 무릎을 꿇으라고 할 수는 없기 때문이다.

구우우우…….

쇄벽은 삼십여 장까지 좁혀지고 있었다. 아마 곧 공격이 개시될 것이다.

그런데도 진천룡은 움직이지 않고 담담히 지켜보기만 했다. 부옥령이 가만히 있으므로 그녀에게 무슨 생각이 있는 것이라고 짐작했다.

바로 그때 머리 위 쇄벽의 꼭대기에서 한 줄기 빛이 아래로 내리꽂혔다.

한 줄기 빛은 진천룡과 부옥령을 비추었다.

[뭐지?]

진천룡이 위를 올려다보니 커다란 물체가 아래로 하강하고 있었다.

쇄벽 정점인 꼭대기가 열리고 거기를 통해 무언가 하강하고 있는 것이다.

[령아! 소천이다!]

진천룡은 하강하고 있는 물체가 거대한 붕새 즉, 소천인 것을 알아챘다.

올려다봐도 소천의 배쪽만 보이기 때문에 누가 타고 있는지 알 수가 없다.

하지만 진천룡은 소천에 타고 있는 사람이 설옥군이라고 확신했다.

쏴아아…….

이윽고 소천은 진천룡과 부옥령 전면 열 걸음쯤에 육중하게 내려앉았다.

소천이 통과하자 쇄벽의 꼭대기 부분은 다시 봉해졌다.

다만 공격이 멈췄을 뿐이다.

소천의 등에는 설옥군과 화라연, 자운, 화백 네 사람이 타고 있었다.

네 사람은 다 진천룡을 쳐다보고 있으며 각자 표정이 달랐다.

그들은 허공으로 둥실 떠올랐다가 새털처럼 가볍게 지상에 내려섰다.

화라연은 진천룡을 보면서 반가움과 꾸짖음의 두 표정을 짓고 있었다.

설옥군은 오로지 정이 듬뿍 담긴 사랑의 표정이었고, 그것은 자운도 마찬가지다.

네 사람은 천천히 진천룡과 부옥령에게 걸어와서 세 걸음 앞에서 멈추었다. 손만 뻗으면 닿을 수 있는 거리였다.

화라연이 진천룡을 보면서 손자를 대하듯이 말했다.

"인석아, 너는 사부를 오랜만에 만나고서도 인사도 할 줄 모르느냐?"

진천룡은 빙그레 웃었다.

"어째서 할머니가 내 사부라는 것이오?"

"하여튼 저 녀석은 버르장머리가 없어."

"그걸 이제 아셨소?"

하명웅은 화라연이 스스로 사부라고 자칭하고 진천룡을 진짜 제자나 손자처럼 대하는 것을 보고 크게 놀랐다.

"인석아, 네 소원대로 해줄 테니까 항주로 돌아가거라."

"내 소원이 무엇이오?"

"옥군과 혼인하는 것이 아니더냐?"

진천룡은 깜짝 놀라는 표정을 지었다.

"그게 정말이오?"

"내가 허언할 사람으로 보이느냐?"

부옥령과 하명웅까지 크게 놀랐다. 설마 화라연이 진천룡과 설옥군의 혼인을 허락할 줄은 몰랐다.

진천룡이 설옥군을 쳐다보니까 그녀는 살짝 얼굴을 붉히며 그를 마주 바라보다가 눈을 내리깔았다.

진천룡은 조심스러운 표정을 지었다.

"공짜는 아닌 것 같소만."

"공짜다."

"정말이오?"

"네 녀석이 그냥 항주로 돌아가기만 하면 추후에 옥군과 혼인을 시켜줄 것이니까 그게 공짜가 아니고 무엇이냐?"

진천룡은 팔짱을 꼈다.

"천하를 대가로 원하는 것이잖소?"

"인석아, 너와 군아는 부부가 될 텐데 누가 천하를 제패하든지 무슨 상관이냐?"

"어째서 중요하지 않소?"

"부부는 일심동체이니 군아가 천하의 주인이 되면 자연히 너 또한 천하의 주인일 것이 아니겠느냐?"

"그렇다면 천하를 내 마음대로 할 수가 있소?"

"천하를 어떻게 하고 싶은 게냐?"

"항주처럼 만들고 싶소."

"항주처럼?"

"그렇소. 천하의 백성들이 마음 편하게 잘 먹고사는 세상을 만들겠소."

진천룡은 화라연의 미간이 좁아지는 것을 보았지만 개의치 않았다.

"그래서 백성들을 괴롭히고 고혈을 빨아먹는 방파나 문파들을 깡그리 없애려는 것이오."

이번에는 설옥군이 방그레 미소 짓는 것을 보았다. 그녀가 '내 뜻도 그래요'라고 말하는 것 같았다.

하지만 화라연의 일침이 기다리고 있었다.

"천하제패 이후에 너희 둘은 세상일은 잊고 그저 행복하게 살면 되는 것이다."

"할머니는 천하를 제패해서 무엇을 하려는 것이오?"

"진정한 천하를 제패하는 것이 내 목표다."

"진정한 천하가 무엇이오?"

"더 넓은 천하다."

"더 넓은 천하?"

진천룡이 의아한 표정을 짓자 부옥령이 작은 목소리로 설명을 해주었다.

"주변의 모든 나라들을 정복하려는 목적이에요."

대명제국은 물론이고 고려나 왜국, 파사국, 대리국, 회국 등 하늘 아래 존재하는 모든 나라들을 정복하는 것이 화라연의 목적이라는 것이다.

진천룡은 적잖이 놀라는 표정으로 설옥군을 쳐다보았다.

"사실이오?"

설옥군은 씁쓸한 얼굴로 고개를 끄떡였다.

"네."

"그런데도 옥군이 천하를 제패하겠다고 나선 것이오?"

"네."

진천룡은 설옥군의 씁쓸한 표정에서 뭔가 석연치 않음을 발견했다.

"왜 그랬소?"

설옥군은 대답하지 않고 진천룡의 시선을 피하여 그의 의심을 부채질했다.

순진한 진천룡은 아직 이해하지 못했으나 부옥령은 설옥군이 왜 그랬는지 깨달았다.

"아마 소저께서 천하제패를 하시면 주군과의 혼인을 대도주께서 허락한다고 말하셨을 거예요."

"닥쳐라!"

화라연이 버럭 노성을 터뜨렸다.

진천룡은 짚이는 바가 있어서 설옥군을 보며 확인했다.

"그런 것이오?"

설옥군은 말없이 고개를 끄떡였다.

"음… 그런 것이었군."

진천룡은 그제야 마음속에 가득 끼었던 먹구름이 한순간에 걷히는 것 같았다.

설옥군은 진천룡과 혼인을 하기 위해서 천하제패를 개시했던 것이다.

그녀가 그냥 진천룡에게 와서 혼인을 하고 같이 살면 되지 않겠느냐 하고 의문을 가질 수도 있다.

하지만 그녀가 그렇게 하면 화라연이 가만히 내버려 두지 않을 것이다.

그래서 그녀는 두 사람의 행복을 위해서 화라연의 요구를 들어주기로 했던 것이다.

화라연은 기왕지사 이렇게 된 것 아예 까놓고 말했다.

"어떠냐? 네가 물러난다고 하면 지금 당장 군아를 너에게 보내주겠다."

설옥군은 아무 말도 하지 않고 진천룡을 바라보기만 했다.

진천룡은 그런 설옥군의 깊은 사랑에 전율이 느껴질 정도로 감동했다.

지금 설옥군은 모든 것을 진천룡에게 맡겼다. 그녀의 표정만 봐도 그걸 알 수가 있다.

진천룡이 고개만 끄떡이면 지금 당장 설옥군을 데리고 항주로 돌아갈 수가 있다.

하지만 그렇게 하면 천하는 도탄에 빠지게 될 것이다.

모르긴 해도 화라연은 대명제국과 이미 모종의 계획을 짜놓았을 것이다.

　중원이 아닌 그보다 훨씬 더 넓은 진정한 천하를 손아귀에 넣기 위해서 말이다.

第二百十八章

쇄벽강공(鎖壁强攻)

진천룡은 짧게 대꾸했다.

"싫소."

화라연이 천하를 파국으로 만들도록 내버려 둘 수는 없다. 만약 진천룡이 화라연의 요구를 받아들인다면 그도 똑같은 죄를 범하는 것이다.

최소한 그의 생각은 그랬다. 천하에 대한 방임의 죄다.

화라연은 싸늘한 미소를 지었다.

"네가 편한 길을 놔두고 험한 길을 택했구나."

화라연은 똑바로 진천룡을 주시했다.

"한 번 더 생각해 봐라."

"생각할 것도 없소."

진천룡은 일언지하에 거절했다. 두 번 생각할 것도 없다.

화라연은 천천히 뒷걸음치며 엷은 미소를 지었다. 아쉬움의 미소다.

"쇄벽에 갇혀서 죽어야 정신을 차리겠구나."

화라연은 설옥군이 움직이지 않고 진천룡을 바라보고 있는 걸 보고 손짓을 했다.

"군아, 가자."

설옥군은 진천룡에게서 시선을 떼지 않았다.

"가지 않겠어요."

"뭐야?"

뒷걸음치던 화라연이 움찔하며 걸음을 멈추었다. 그녀로선 예상하지 못했던 일이 일어나고 있었다.

설옥군은 진천룡을 바라보며 입술을 잘근 깨물었다.

"이 사람 곁에 남겠어요."

"옥군……."

진천룡은 가슴이 뭉클하여 설옥군을 바라보았다. 사지에 몰렸지만 천하를 다 가진 것 같았다.

설옥군은 천천히 진천룡에게 걸어갔다.

"내겐 이 사람이 천하예요."

화라연은 사나운 표정으로 이를 드러냈다.

"네가 감히……."

화라연이 이처럼 노하는 모습은 처음이다.

그때 자운도 진천룡에게 걸어갔다.

"저도 남겠어요."

"네가……."

화라연은 어이가 없는 표정으로 자운을 가리켰다.

"너는 무슨 이유냐?"

"소저를 돕겠어요."

자운은 진천룡을 소저라고 바꿔 말했다. 그녀는 사랑하는 진천룡 곁에 남고 싶었다. 그 대가가 설사 죽음이라고 해도 말이다.

진천룡은 다가오는 자운을 보며 가슴이 훈훈해졌다.

"운아……."

"이것들이……."

화라연은 눈에서 불꽃이 뿜어지는 듯했다.

화백은 적잖이 놀란 얼굴로 자운을 바라보았다. 그에게 자운은 천하 자체나 다름이 없는 존재이다.

"운 매……."

그러나 자운은 화백을 쳐다보지도 않고 설옥군 옆에 섰다.

진천룡은 설옥군의 손을 가만히 잡았다.

설옥군이 자신을 바라보자 그는 더없이 부드러운 목소리로 전음을 보냈다.

[나중에 뽀뽀해 주겠소.]

진천룡이 예전에 이런 식으로 곧잘 장난을 치면 설옥군은 쌀쌀맞은 얼굴로 가버렸었다.

[네.]

그런데 그녀는 눈을 내리깔고 얼굴을 붉히면서 그러라고 대답을 했다.

부옥령은 두 사람의 전음을 듣고 진천룡의 손을 잡았다. 무슨 말은 하지 않았지만 자신도 뽀뽀를 해달라는 뜻이다.

화가 난 화라연은 입술을 지그시 깨물더니 하명웅에게 손짓을 했다.

"이리 오너라."

그러자 하명웅은 혈도가 풀린 것을 느끼고 즉시 화라연에게 쏘아갔다.

진천룡과 부옥령은 하명웅을 제지하지 않았다. 지금은 그런 것이 중요한 게 아니다.

"가자."

화라연이 훌쩍 몸을 날려 소천 등에 올라타자 화백과 하명웅도 따라서 탔다.

구구우우…….

소천이 설옥군을 보면서 구슬피 울며 고개를 크게 끄떡이는데 마치 작별 인사를 하는 것 같았다.

쏴아아!

소천이 육중하게 둥실 상승할 때 화라연의 냉정한 외침이 허공을 울렸다.

"모두 죽여라!"

쇄벽의 꼭대기가 다시 활짝 열리며 그곳으로 소천이 빨려 나갔다.

쇄벽 꼭대기가 다시 닫히는 것을 보며 진천룡이 설옥군에게 조용히 물었다.

"이걸 깰 방법이 없소?"

"없어요."

"없다고?"

진천룡은 설옥군이 자신의 곁에 남는다고 했을 때 쇄벽강공을 깰 방법이 있을 것이라고 확신했었다.

그래서 그녀가 자신의 곁에 남는 것이라고 생각했는데 그녀도 방법이 없다는 것이다.

진천룡은 놀라는 얼굴로 그녀를 보았다.

"그런데 왜 남았소?"

설옥군은 그의 손을 잡은 손에 살짝 힘을 주며 다정한 목소리로 말했다.

"여기에 천룡이 있으니까요."

"옥군……."

진천룡은 심장을 손으로 꽉 움켜잡은 것처럼 격한 감동을 느끼고 설옥군을 와락 끌어안았다.

"옥군!"

"어마?"

설옥군은 깜짝 놀랐지만 그의 품에서 가만히 있었다. 그녀의 가슴이 콩콩 뛰는 것이 진천룡에게 고스란히 느껴졌다.

부옥령과 자운은 설옥군을 부러워하면서 진천룡 뒤에서 그의 옷자락을 가만히 붙잡았다.

쿠우우…….

그때 괴이한 음향이 흐르자 진천룡 등은 정신이 번쩍 들어서 포옹을 풀고 재빨리 위를 쳐다보았다.

쇄벽이 다시 좁혀 들기 시작했다.

부옥령이 빠른 어조로 말했다.

"쇄벽을 이루고 있는 삼천여 명이 공력을 한데 모아 지상 전체를 향해 발출하기 때문에 피할 수도 없고 막을 수도 없어요. 그게 강공이에요."

쇄벽은 도망가지 못하게 막는 것이고, 강공은 쇄벽을 이루고 있는 전 고수의 공력을 한데 모아 발출하는 것이다.

그러므로 쇄벽강공이 전개되면 오로지 신만이 막거나 피할 수가 있을 터이다.

지금은 쇄벽강공을 삼천 명이 전개하고 있지만 만 명, 삼만 명이 전개할 수도 있다.

쇄벽강공 안에 갇히면 인간은 절대로 살아남지 못한다. 그래서 천군성이 지상 최강으로 있을 수 있었던 것이다.

"땅속은 어떤가?"

"삼천여 명의 공력이 한데 모아져서 발출되면 지하 수십 장까지 거대한 구멍이 뚫려요."

진천룡의 물음에 부옥령이 즉답했다. 그녀는 실제로 예전에 그 광경을 눈으로 똑똑히 목격했었다.

드으으으……

그때 좁혀 들던 쇄벽이 정지하더니 기이한 음향을 토했다.

"공력을 모으고 있어요!"

부옥령이 다급하게 외치자 진천룡이 급히 말했다.

"꼭대기를 뚫자!"

"꼭대기가 가장 강력해요. 그곳으로 공력을 모으기 때문이에요. 정점을 뚫으려는 것은 자살행위예요."

드으으으……

쇄벽의 꼭대기가 눈부신 금광으로 빛나기 시작했다.

"이제 곧 강공이 시작될 거예요!"

부옥령이 다급하게 부르짖었다.

진천룡은 두 손을 벌리며 단호하게 말했다.

"모두 공력을 모아 한곳을 돌파하자!"

"불가해요!"

"가만히 앉아서 죽을 셈이냐?"

부옥령의 반대에 진천룡이 버럭 소리를 질렀다.

"손을 잡아서 내게 공력을 다오!"

설옥군과 부옥령, 자운의 생각에도 그것 말고는 최후의 방법이 없다.

설옥군과 부옥령, 자운은 손을 잡고 공력을 일으켜 진천룡에게 몰아주었다.

그우우우우!

쇄벽의 정점은 태양처럼 빛나서 쳐다볼 수도 없을 지경이 되었다.

그 순간 진천룡이 선두에서 측면의 한 방향을 향해 저돌적으로 쏘아갔다.

진천룡 뒤에는 설옥군과 부옥령, 자운이 허리를 붙잡고 공력을 주입하고 있다.

쇄벽의 정점에서 강공이 발출되기 직전에 진천룡이 발출한 오극성궁력이 쇄벽의 측면 아래에 적중했다.

쩌어엉…….

"와악!"

"아악!"

그 순간 네 사람은 어마어마한 반탄력에 가랑잎처럼 퉁겨져 날아가며 애처로운 비명을 질렀다.

투다닥…….

네 사람은 지상에 내동댕이쳐졌으나 서로 붙잡은 몸을 놓지 않았다.

쓰러진 네 사람 중에 크게 다친 사람은 없지만 가벼운 내상을 입고 입과 코에서 피를 흘렸다.

우오오옴…….

만 개의 범종을 한꺼번에 때린 듯한 기음이 흐르며 쇄벽의 정점에서 불쑥! 굵직한 금광의 줄기가 튀어나왔다.

땅에 쓰러져 있는 네 사람은 그걸 올려다보면서 안색이 창백하게 변했다.

금광 줄기 즉, 강공이 발출되면 네 사람은 흔적도 남기지 못하고 즉사할 것이다.

설옥군이 진천룡 품에 안겨서 화사한 미소를 지었다.

"당신을 만나서 행복했어요. 사랑해요."

"옥군……."

진천룡은 설옥군을 부둥켜안고 가슴이 갈가리 찢어지는 비통함을 느꼈다.

그 순간 그는 화라연의 제안을 받아들이지 않았던 것을 후회했다.

그러나 설옥군이 그것에 대해 일절 원망하지 않는다는 사실을 즉시 깨달았다.

어떤 면을 보더라도 진천룡보다 천배 만 배 뛰어난 설옥군이지만 그녀는 무조건 그의 말에 따랐던 것이다.

천하에서 가장 아름답고 가장 훌륭한 설옥군이 몇 년 전까지만 해도 항주 저잣거리의 건달이나 다름없었던 진천룡을 맹목적으로 따르고 있는 것이다.

부옥령도 진천룡의 몸을 붙잡았다.

"주인님……."

그녀는 죽기 전에 자신이 그를 얼마나 사랑하고 있는지 고백하려 했다.

바로 그때였다.

꾸웅…….

한겨울에 꽁꽁 언 호수의 얼음이 깨지는 듯한 소리가 들렸다.

진천룡과 설옥군은 급히 쇄벽의 정점을 쳐다보았다.

후우우…….

쇄벽의 정점에서 돌출되었던 금광 줄기가 줄어들고 있었다.

꾸우웅… 꿍… 꿍…….

호수의 얼음이 깨지는 소리가 연이어 들렸다.

그러면서 쇄벽이 흔들렸다.

진동을 일으켰다. 진천룡과 설옥군 등이 쳐다보고 있는 사이에 쇄벽이 마치 잔물결처럼 이리저리 마구 흔들리고 있었다.

설옥군이 진천룡의 품에 안긴 채 나직이 외쳤다.

"쇄벽이 와해되고 있어요……!"

"와해?"

하늘 아래 최강인 쇄벽강공이 와해되고 있다는 말이 실감나지 않았다.

꿍… 꿍… 꿍… 꿍…….

얼음 깨지는 소리가 계속 이어지자 설옥군이 환한 표정을 지으며 들뜬 목소리로 외쳤다.

"쇄벽은 외부에서 강력하게 공격하면 무너져요. 누군가 쇄벽의 외부를 공격하고 있는 거예요……!"

그녀의 말을 증명하듯 산처럼 쌓아 올린 쇄벽의 벽면 여기저기에 구멍이 숭숭 뚫리고 그곳으로 빛이 스며들었다.

진천룡은 벌떡 일어났다.

"우리도 다시 한번 뚫자!"

진천룡을 선두로 그의 허리를 설옥군이 붙잡고, 부옥령과 자운이 뒤에 붙어서 전 공력을 진천룡에게 전해주었다.

쇄벽이 와해되기 시작하자 진천룡은 신바람이 나서 이미 구멍이 뚫려 빛이 스며들고 있는 방향으로 질주했다.

콰아아아!

그가 두 손을 뻗자 오극성궁력의 오색 빛기둥이 찬란하게 뿜어졌다.

초범입성 반로환동의 경지에 이른 네 사람의 공력을 합쳤으니 그 위력이 어느 정도일지는 짐작이 가지도 않는다.

쫘르르릉!

오극성궁력에 적중된 쇄벽이 박살 나며 연결됐던 천군고수들이 마치 지푸라기처럼 흩어지며 날아갔다.

"으아악!"

"크악!"

진천룡을 비롯한 네 사람이 쇄벽을 뚫고 밖으로 나오자 쇄벽이 붕괴되고 있는 광경이 보였다.

그리고 진천룡은 어째서 그토록 완벽한 쇄벽이 부서졌는지 알게 되었다.

그의 시선에 낯익은 얼굴들이 여기저기에서 보였다.

청랑과 은조, 옥소, 그리고 훈용강과 현수란을 비롯한 영웅오장로, 종초홍과 소정원, 영웅호위대 이백여 명이 쇄벽을 무차별적으로 공격하고 있었다.

그뿐만이 아니다. 영웅고수 수백 명이 한쪽에서 몰려오고 있는 천군고수들을 제지하려고 진을 치고 있는 광경이 보였다.

진천룡과 부옥령은 그 광경을 보고 울컥 눈물이 솟구쳤다.

"너희들……."

그때 훈용강이 진천룡을 발견하고 흐느끼듯 울부짖었다.

"주군께서 나오셨다!"

*　　　　*　　　　*

쇄벽은 이루어졌을 때 최강이었으나 붕괴되고 있는 동안에는 그야말로 오합지졸일 뿐이다.

진천룡의 최측근들은 쇄벽을 쌓았다가 무너지고 있는 천군고수들을 마구잡이로 주살했다.

"으악!"

"크아악!"

그 광경은 마치 가을에 추수를 하는 것 같았다.

최측근들이 진천룡에게 모여들었다.

"주군! 무사하십니까?"

"주인님! 괜찮으세요?"

남자들은 환하게 웃고 여자들은 웃으면서도 눈물을 펑펑 흘렸다.

진천룡이 하늘을 이리저리 살피는 것을 보고 부옥령이 말했다.

"대도주는 갔어요. 쇄벽강공이면 우릴 죽일 수 있을 것이라고 믿은 것 같아요."

진천룡은 고개를 끄떡였다.

"철수하자."

철수하라는 명령이 전달되자 영웅고수들은 빠르게 샛강 쪽으로 물러나고 진천룡을 비롯한 측근들은 즉시 추격해 오려는 천군고수들을 제지했다.

그렇지만 그런 진청룡 일행을 천군고수들은 적극적으로 추격하지 못했다. 쇄벽강공이 전개된 곳에서 본진까지는 거리가 꽤 멀었기 때문이다.

와해된 쇄벽강공의 천군고수들이 전열을 가다듬고 추격하려고 할 때 진천룡과 측근들을 비롯한 영웅고수들은 이미 샛강에 띄워놓은 배 위에 올라탄 후였다.

십여 척의 배들이 팔패주에서 멀어지자 천군고수들은 강가에서 발을 구를 뿐 더 이상 추격하지 못했다.

배의 난간에 선 진천룡은 멀어지는 팔패주를 바라보다가 훈용강에게 물었다.

"어떻게 된 것인가?"

"주군께서 팔패주에 가셨다고 옥소가 보고하기에 만약을 대비해서 수하들을 이끌고 온 것입니다."

진천룡은 훈용강의 어깨를 두드렸다.

"잘했네."

현수란이 염려하는 얼굴로 말했다.

"호위대가 주군을 미행하지 않았으면 어쩔 뻔하셨어요?"

"어? 너, 언제 왔느냐?"

현수란은 가자미눈으로 진천룡을 쏘아보았다.

"원래부터 있었거든요? 제 존재감이 그렇게 형편없었나요?"

다들 진천룡 옆에 서 있는 설옥군을 봤지만 알은척할 기회를 찾지 못하고 망설였다.

그러자 부옥령이 모두를 향해 나직이 호통을 쳤다.

"뭣들 하는 것인가? 어째서 태상문주께 예를 취하지 않는 것이냐?"

다들 화들짝 놀라서 급히 우르르 그 자리에 한쪽 무릎을 꿇고 고개를 깊이 숙여 예를 취했다.

"태상문주를 뵈옵니다!"

부옥령까지 예를 취하는 모습을 보고 종초홍과 소정원은 어리둥절하여 어쩔 줄 몰랐다.

하지만 그녀들은 진천룡의 여종이지 영웅문하고는 상관이

없어서 그저 우두커니 서 있었다.

*　　　　*　　　　*

검황천문 본문이 영웅문 남경지부가 되었다는 소문은 삽시
간에 천하로 퍼져 나갔다.

영웅문이 검황천문을 장악했다는 사실을 천하의 칠 할이
환영했으며 이 할은 관망하고, 일 할은 싫어했다.

환영한 칠 할은 검황천문에 고통과 억압을 받았던 사람들이
고, 관망하는 이 할은 득실을 계산하고 있는 중이며, 싫어하는
일 할은 오래전부터 검황천문과 같은 배를 탔던 방파나 문파
들이었다.

어쨌든 강남무림에서 영웅문에게 충성하기로 맹세한 방파,
문파가 이미 천 곳이 넘었다.

정예고수를 엄선해서 보내라는 영웅문의 전갈에 그들은 쉴
새 없이 자파의 고수들을 영웅문 남경지부로 보냈다.

강서성과 호남성, 절강성, 복건성, 심지어 운남성에서까지 고
수들이 줄지어 남경으로 향하고 있다.

영웅문은 남경으로 향하고 있는 모든 고수들의 숙식을 무료
로 제공하라고 강남의 전 주루와 객잔, 기루에까지 공문을 내
려보냈다.

예전에 검황천문이 강남무림의 고수들을 모으면 모든 비용

을 각 방파와 문파들이 부담했었다.

그런데 영웅문은 차출한 수십만 명의 고수들이 이동하면서 드는 모든 비용을 대줄 뿐만이 아니라 매월 은자 오십 냥의 녹봉을 지급하겠다고 천명했다.

영웅문이 항주에서 그리고 강서성 남창에서 어떻게 했는지 소문으로 잘 알고 있는 강남무림의 고수들은 환호성을 지르며 기뻐했다.

자파에 있으면 녹봉으로 기껏 은자 세 냥에서 닷 냥을 받는 것이 고작인데 오십 냥이라니, 이것은 차출이 아니라 횡재인 것이다.

그래서 강남무림의 고수들은 어깨춤을 추고 콧노래를 부르면서 남경으로 향하고 있는 중이다.

            *   *   *

영웅문 남경지부 검천루에 진천룡과 설옥군을 비롯한 측근들이 모여 있다.

검천루는 인공 숲 한가운데에 위치한 별당으로 진천룡의 임시 거처다.

훈용강 등이 일어나서 진천룡에게 공손히 허리를 굽혔다.

"주군, 쉬십시오."

"그래. 다들 쉬게."

진천룡이 고개를 끄떡이고 부옥령이 일어서자 측근들이 우르르 밖으로 나갔다.

이들은 이곳에서 술을 마시며 당금 상황에 대해서 긴밀한 대화를 나누었다.

측근 대다수가 나가고 실내에는 진천룡과 설옥군, 부옥령, 청랑과 은조, 그리고 종초홍과 소정원이 남았다.

진천룡과 오랜만에 술을 실컷 마신 설옥군은 기분이 매우 좋았다.

그녀는 약간 떨어진 곳에 앉아 있는 소정원을 보며 말문을 열었다.

"창파영주라고 했죠?"

"네… 넷!"

소정원은 화들짝 놀라서 대답했다.

설옥군은 처음에 소정원을 소개받았을 때부터 그녀에게 하고 싶은 말이 있었다.

소정원은 설옥군이 영웅문의 태상문주이며 진천룡의 정인이라는 사실을 얼마 전에 알게 됐으나 더 자세한 것에 대해서는 모른다.

속으로 진천룡을 죽도록 사모하고 있는 소정원과 종초홍은 난데없는 설옥군의 출현에 맥이 풀렸다.

이때까지만 해도 진천룡에게 접근하려면 부옥령이라는 높은 벽이 있었는데, 이제는 벽이 아니라 아예 망망대해가 가로

놓여 버렸다.

설옥군은 말을 할까 말까 망설이다가 고개를 가로저었다.

"나중에 얘기해요."

진천룡은 설옥군의 행동을 보고 불현듯 어떤 생각이 뇌리를 스쳤다.

"원아."

"말씀하세요, 주인님."

"미미의 본래 신분이 무엇이냐?"

"그것은……."

소정원은 금세 대답하지 못하고 머뭇거렸다.

진천룡은 예전에 화라연이 진천룡에게 한 가지 부탁을 했던 것 즉, 창파영에 가서 소미미를 데려와 달라는 말을 잊지 않고 있었다.

소정원은 잠시 망설이다가 조심스럽게 대답했다.

"미미는 성신도주의 딸이에요. 소첩이 십칠 년 전에 성신도에 볼일을 보러 갔다가 대도주와 크게 말다툼을 하고 난 후에 미미를 납치해서 도주했었어요."

진천룡은 진지하게 확인하듯 물었다.

"틀림없는 사실이겠지?"

"천첩이 주인님께 어찌 거짓말을 하겠어요……?"

소정원은 흑백이 또렷한 커다란 두 눈에 호기심과 궁금증을 가득 담고 조심스럽게 물었다.

"그런데 그걸 왜 물으시는 건가요?"

진천룡은 설옥군의 손을 꼭 잡으며 말했다.

"내 짐작이 틀리지 않는다면 옥군이 미미의 친언니일 거야."

"……!"

소정원은 너무 놀란 나머지 아무 말도 하지 못했다.

진천룡은 청랑에게 지시했다.

"가서 미미를 데려와라."

소정원은 일어나서 설옥군에게 주춤주춤 다가가며 물었다.

"정말인가요……? 그럼 소저가 성신도의 소도주예요?"

"그래요."

"아아……."

소정원은 세차게 몸을 떨더니 설옥군 앞에 풀썩 쓰러지듯 무릎을 꿇었다.

"아아… 용서해 주세요……."

설옥군은 즉시 일어나서 소정원을 일으켰다.

"이러지 말아요. 어서 일어나세요."

"으흑흑……! 나는 소도주의 동생을 납치했어요… 씻지 못할 죄를 지었어요……."

설옥군은 소정원을 자신의 옆자리에 앉혔다.

"십칠 년 전에 어째서 미미를 납치했던 것이죠?"

"살기 위해서 그랬어요……."

소정원은 다시 와락 울음을 터뜨렸다.

"으흐흑……! 대도주가 말하길 창파영이 성신도와 합병을 하지 않으면 괴멸시키겠다고 해서… 어쩔 수 없이 살기 위해서 미미를 납치했던 거예요……!"

설옥군은 그랬을 것이라고 이미 짐작했었기에 조금도 놀라지 않았다.

설옥군이 차분하게 물었다.

"할머니가 왜 합병을 해야 한다고 말하던가요?"

"하늘 아래 온 천하를 정복하기 위해서라고 말했어요."

아까 화라연이 진천룡에게 했던 말과 같다. 그녀는 중원만이 아니라 하늘 아래 존재하는 모든 나라들을 정복하려는 대야망을 품고 있었다.

심각한 표정으로 듣고 있는 종초홍이 골똘한 얼굴로 말문을 열었다.

"아마 본궁도 성신도로부터 그와 비슷한 요구를 받았던 것으로 알고 있어요."

종초홍은 사람들의 시선을 받으며 말을 이었다.

"제가 어렸을 적에 본궁은 괴멸 직전까지 갔던 적이 있었는데 그때 천군성의 습격을 받았다고 했어요."

"그랬나요?"

설옥군은 크게 놀라서 눈을 크게 떴다.

전대 천군성주는 설옥군의 부친인 설대운이었다.

천군성을 개파한 것이 성신도이므로 성신도가 원하는 것이라면 수족처럼 움직였을 것이다.

성신도가 창파영과 호천궁에 손을 뻗었다면 모르긴 해도 무극애도 가만히 놔두지는 않았을 것이다.

척!

그때 문이 열리고 청랑이 소미미를 데리고 들어왔다.

소미미는 잔뜩 긴장하고 있다가 소정원을 발견하고 안도하는 표정을 지었다.

"어머니……."

소정원에게 모든 설명을 다 듣고 난 소미미의 충격과 놀라움은 대단했다.

"어머니… 이게 사실인가요……?"

"저기… 저분이 너의 친언니란다."

소정원이 비 오듯이 눈물을 흘리며 설옥군을 가리키자 소미미는 이끌리듯 그녀를 바라보았다.

설옥군은 당장이라도 십칠 년 동안이나 헤어져 있던 여동생을 와락 안고 싶지만 그녀가 충격에서 스스로 헤어 나오기를 기다려 주었다.

"아아……."

설옥군하고 쌍둥이처럼 꼭 닮은 소미미는 늘씬한 몸을 가늘게 떨면서 눈물을 흘리며 설옥군을 바라보았다.

"언니……."

설옥군도 눈물을 흘리며 두 팔을 벌렸다.

"미미야."

"언니!"

소미미는 나비처럼 날아가서 설옥군의 품에 안겼다.

진천룡을 비롯한 사람들은 자매의 상봉을 보면서 흐뭇한 미소를 지었다.

자매의 상봉하여 한차례 감정을 나누고 설옥군은 지쳤는지 침상으로 가 혼자 누워 있었다. 그런 설옥군에게 진천룡은 다가가 가만히 힘주어 안았다.

"옥군."

설옥군은 뼈가 없는 듯 그에게 안겨 들었다.

"천룡……."

두 사람이 서로 얼마나 사랑하고 또 얼마나 그리웠을지를 설명하자면 필설로는 어려울 것이다.

*   *   *

그렇게 진천룡과 설옥군이 잠들고 아직 깨지 않았을 때 한 통의 급보가 날아들었다.

왈칵!

"주인님!"

너무 다급한 나머지 영웅호위대주 옥소가 한 통의 서찰을 쥐고 거칠게 방문을 열면서 뛰어들었다.

"멈춰라!"

옆 침상에서 자고 있던 부옥령이 쏜살같이 달려와서 옥소를 가로막았다.

진천룡은 즉시 이불을 걷고 침상에서 내려섰다.

"괜찮다. 무슨 일이냐?"

슥!

"읽어보세요."

옥소가 내민 서찰을 빠르게 읽던 진천룡의 얼굴빛이 점차 붉게 상기되었다.

서찰에는 장강 하류에서 수천 척의 거선들이 진군하고 있었다. 다름 아닌 대명황군의 황군함대(皇軍艦隊)였다.

황군함대는 정확하게 오천 척이며, 거기에는 황군과 천군고수, 성신도의 성신고수들이 타고 있다고 한다.

그뿐만이 아니라 육로를 통해서 대명황군과 강북무림에서 모집한 수십만 명의 고수들이 남하하고 있는 중이다.

"이런 맙소사……."

그가 서찰을 다 읽었을 때 설옥군이 급히 옷을 입고 침상에서 내려왔다.

"나가봐야겠어요."

"어딜 간다는 것이오?"

설옥군은 차분한 얼굴로 말했다.

"천군성에는 나를 따르는 수하들이 절반 이상이에요. 그들을 따로 불러내야겠어요."

第二百十九章

최후의 전투

팔괘주에는 화라연도 하명웅도 없었다.

현재 팔괘주에 남은 가장 신분이 높은 사람은 상천주였는데 얼마 안 있다가 우호법 담제웅이 팔괘주에 도착했다.

태상군사인 하명웅이 없는 상황에서는 담제웅이 가장 신분이 높았기에 그가 팔괘주의 오만여 천군고수들을 총지휘했다.

담제웅은 각 천주로부터 자세한 보고를 들었다.

그러나 천군성주 직속인 상천주는 뚝 떨어진 곳에 서서 아무 말도 하지 않았다.

상천주를 제외하면 천군칠천의 최고 신분은 고천주라서 그가 담제웅에게 보고했다.

원래 고천은 좌호법인 부옥령 직속인데 그녀가 부재중이라서 우호법 담제웅 휘하에 두었다.

한편에서는 시체를 치우고 부상자들을 치료하느라 천군고수들이 바삐 움직이고 있었다.

"음… 그랬다는 것인가?"

보고를 다 듣고 난 담제웅은 무거운 표정을 지으며 팔짱을 끼고 샛강 쪽을 쳐다보았다.

얼마 전에 영웅문주가 와서 활로를 터줄 테니까 떠나라고 제안했었는데, 하명웅이 불같이 화를 내며 그를 죽이라고 해서 쇄벽강공을 전개했었다는 것.

그러나 영웅문 고수들이 샛강을 건너 급습을 감행하여 쇄벽을 붕괴시키고 천군고수들을 마구잡이 주살했다는 것.

위기에서 풀려난 영웅문주가 영웅고수들을 이끌고 이곳을 떠났다는 사실 등이다.

담제웅은 고개를 갸웃거렸다.

"태상군사가 어째서 그렇게 화를 낸 것인가?"

"영웅문주와 본성의 성주께서 연인 사이라는 말을 듣고 이성을 잃으셨습니다."

"뭐라……?"

고천주의 말에 담제웅은 적잖이 놀라는 표정을 지었다.

"그런 말도 안 되는……."

"그런데 사실이었습니다."

"어째서 사실이라는 것이냐?"

"성주께서 인정하셨습니다."

"성주께서 직접 말이냐?"

"그렇습니다."

고천주는 소천을 타고 나타난 화라연, 설옥군이 진천룡과 있었던 일을 자세히 설명했다.

"그런 일이……."

"성주께선 영웅문주와 함께 떠나셨습니다."

"떠나셨다고……?"

담제웅은 그게 무엇을 뜻하는지 언뜻 이해하지 못했다.

천군성주와 영웅문주가 연인 사이라서 둘이 떠났다는 사실이 천군성주가 천군성을 버렸다는 것인지, 아니면 천군성과 영웅문이 통합됐다는 것인지 알 수가 없다.

바로 그때 허공에서 조용한 목소리가 들렸다.

"담 호법."

담제웅은 그 목소리의 주인이 설옥군이라는 사실을 즉시 깨닫고 반사적으로 고개를 들어 허공을 보았다.

담제웅을 비롯한 천군칠천의 천주들은 샛강 쪽을 쳐다보다가 크게 놀랐다.

샛강 위 허공을 진천룡과 설옥군이 손을 잡아 나란히 날아오고 있는 모습을 보았기 때문이다.

진천룡이 날아오고 있지만 천군고수들은 아무도 공격하려

는 태도를 보이지 않았다.

진천룡과 설옥군은 담제웅과 칠천주 앞에 새털처럼 가볍게 내려섰다.

담제웅을 비롯한 칠천주와 천군고수들이 모두 무릎을 꿇으며 예를 취했다.

"일어나세요."

모두 일어나기를 기다렸다가 설옥군은 담제웅에게 물었다.

"할머니께서 뭐라고 말씀하셨나요?"

"전열을 정비한 후에 기다리고 있다가 대명황군, 강북무림고수군, 구파일방 고수군들이 당도하기 전에 샛강을 건너 검황천문을 공격하라고 명령하셨습니다."

설옥군은 착 가라앉은 목소리로 말했다.

"어떻게 샛강을 건너라고 하던가요?"

"그런 말씀은 없으셨습니다."

"그럼 알아서 샛강을 건너라는 것인가요?"

"그런 것 같습니다."

설옥군은 아름답게 아미를 찌푸렸다.

"여기에 있는 천군고수 오만여 명으로 영웅문 남경지부를 공격하면 백전백패 전멸이에요."

담제웅은 착잡한 표정을 지었다.

"짐작하고 있습니다."

설옥군은 잠시 침묵하다 조용한 목소리로 말문을 열었다.

"지금 어떤 상황인지 다들 알고 있나요?"

담제웅은 조심스럽게 대답했다.

"성주께서 천하대계를 실행한 것으로 알고 있습니다만……"

"그런 게 아니에요."

"그럼……"

설옥군은 사실대로 말해주었다. 자신은 천하제패의 야심이 전혀 없으며 할머니인 성신도 대도주의 말에 따랐다가 영웅문 주인 진천룡을 만나서 마음을 바꾸었다고 말이다.

여기에 있는 칠천주들은 아까 화라연과 설옥군, 진천룡의 대화를 들었으므로 어느 정도는 알고 있었다.

담제웅과 칠천주, 그리고 주변에 모여 있는 천군고수들은 심각한 표정으로 다음 상황을 지켜보았다.

"나는 천하제패 같은 야심은 추호도 없어요."

설옥군은 담제웅 이하 천군고수들에게 명령을 내리면 무조건 따르겠지만 그러고 싶지 않았다.

천군고수 모두에게 사실을 알려줘서 그들의 의지에 따라 남아서 싸울 사람은 싸우고 떠나고 싶은 사람들은 떠나게 하고 싶었다.

설옥군은 단호한 표정으로 말을 이었다.

"성신도가 천하를 제패하려는 목적은 대명제국과 손을 잡고 전쟁을 일으키기 위해서예요."

담제웅 등은 조용히 들었다.

"전쟁이 일어나면 천하의 만백성은 말로 다 할 수 없는 고통을 받게 될 거예요."

설옥군은 손을 잡고 있는 진천룡을 바라보며 말했다.

"그래서 나는 여기에 계신 영웅문주와 힘을 합쳐서 성신도의 천하제패를 제지하고 싶어요."

그러자 담제웅과 칠천주들이 고개를 들고 비로소 진천룡을 살펴보았다.

담제웅이 조심스럽게 말했다.

"송구스러운 말씀이지만 성주께선 영웅문주와 어떤 관계이십니까?"

그러자 허공에서 쨍! 하는 외침이 들렸다.

"건방지구나!"

담제웅이 급히 쳐다보자 샛강 쪽 허공에서 부옥령 혼자 날아오고 있었다.

부옥령은 진천룡 옆에 소리 없이 내려서면서 담제웅을 꾸짖는 것을 멈추지 않았다.

"담 호법은 언제부터 하늘 같은 성주님의 연애사를 꼬치꼬치 캐물었소?"

"설마……."

담제웅은 처음 보는 절세 미소녀의 목소리가 부옥령과 매우 닮았다는 것을 깨달았다.

"좌호법이시오?"

"보면 모르겠어요?"

칠천주들은 아까 부옥령의 실체를 봤었으므로 그리 놀라지 않았다.

부옥령은 앞으로 한 걸음 나서서 진천룡과 설옥군을 가리키며 경건한 표정을 지었다.

"이 두 분은 오래전부터 연인이셨고 앞으로는 부부가 되실 몸이에요."

"두 분께서 혼인하시면 천군성은 어떻게 됩니까?"

담제웅의 의문은 그칠 줄 몰랐다.

부옥령은 설옥군을 보며 어깨를 으쓱했다.

"…라고 묻는데요?"

설옥군은 고개를 살레살레 가로저었다.

"나는 천군성주 자리에 미련이 없어요."

"그렇지만 천군성 수하들은 성주님께 미련이 많을 거예요."

"그렇습니다."

"속하들은 성주님을 계속 모시고 싶습니다."

부옥령의 말에 담제웅과 칠천주들은 간절한 표정으로 말했다.

"그래도 나는……"

"합칩시다."

그때 침묵을 지키고 있던 진천룡이 불쑥 말했다.

진천룡은 모두의 시선을 받으며 빙그레 미소 지었다.

"영웅문과 천군성을 하나로 합치는 것이오."

"그것은……."

설옥군이 대답을 못 하자 부옥령이 활달한 목소리로 노래하듯이 말했다.

"강남무림의 절대자 영웅문과 강북무림의 절대자 천군성이 통합하면 그야말로 자연스러운 천하제패로군요!"

"어… 그렇게 되나?"

담제웅 등은 눈을 빛내면서 설옥군을 바라보며 그녀의 말을 기다렸다.

설옥군은 모두가 무엇을 원하는지 깨닫고 얼굴을 붉히면서 진천룡을 바라보았다.

"당신 뜻대로 하세요."

그러자 진천룡은 한 팔로 설옥군의 가느다란 허리를 끌어안고 자신을 향해 바싹 당기더니 그녀의 얼굴에 자신의 얼굴을 천천히 가져갔다.

설옥군은 놀라서 눈을 동그랗게 뜨고 전음을 했다.

[뭐… 뭘 하려는 거죠?]

[뽀뽀하려는 거요. 내 뜻대로 하라면서요?]

[당신 정말…….]

설옥군은 얼굴이 빨개져서 그의 옆구리를 가볍게 꼬집었다.

*   *   *

구우우!

거대한 함선들이 장강을 가득 메운 채 돛을 활짝 펴고 상류를 향해 미끄러지고 있었다.

함선 갑판 아래 옆면에는 열 문의 대포가 장착되어 있으며, 갑판에는 도검과 창으로 무장한 황군 백여 명이 질서정연하게 도열해 있다.

그뿐 아니라 이 층과 삼 층에는 황궁고수들과 천군고수들이 섞여 있다.

바다처럼 드넓은 장강 하류에는 황궁함대 말고는 어선이나 상선은 눈을 씻고 찾아도 보이지 않았다.

황군이 가는 길은 육로든 해로든 절대로 가로막아서는 안되기 때문이다.

"아미타불… 영웅문은 실로 대단하구려."

소림사 장문인 혜각선사는 장강을 바라보면서 새하얀 수염을 쓰다듬었다.

혜각선사와 무당파 장문인 현우자, 그리고 화산파 장문인 벽파대협(劈破大俠), 아미파 장문인 자하신니(紫霞神尼)는 조금 전에 이곳 포구현에 도착하여 주루에 모였다.

네 명의 장문인은 자신들을 영접하고 있는 개방 포구현 분타주에게 영웅문에 대해서 설명을 듣고 있는 중이다.

소림사와 무당파, 화산파, 아미파는 모두 강북 서쪽에 몰려 있어서 이곳 강남무림의 사정에 그리 밝지가 않은 편이다.

현우자가 놀라움을 삼키지 못하고 개방 분타주에게 물었다.

"영웅문이 검황천문을 붕괴시키고 그곳을 영웅문 남경지부로 삼았다는 게 사실인가?"

"그렇습니다. 현재 강남무림의 수천 개 방파와 문파에서 고수들을 남경으로 보내고 있으며 그 수가 수십만에 달한다는 정보입니다."

"수십만……."

화산파 장문인 벽파대협이 의아한 얼굴로 물었다.

"영웅문은 항주의 패자로서 검황천문을 무력으로 괴멸시켰는데 예전 검황천문에게 복종했던 방파와 문파들이 영웅문을 위해서 고수들을 보낸다는 말인가?"

장문인들을 영접한다고 제 딴에는 깨끗한 옷으로 갈아입은 포구분타주는 손을 내저으며 설명했다.

"사람들은 영웅문을 활불문(活佛門)이라고도 부른답니다."

"활불문?"

살아 있는 부처를 활불(活佛)이라고 한다. 그런데 영웅문을 활불문이라고 부른다니 더 이상 무슨 설명이 필요하겠는가.

"그 정도라는 말인가?"

"자세히 설명드리겠습니다."

"해보게."

"어떻게 해서든지 영웅문하고 연줄이 닿은 사람들은 그때부터 팔자가 핀다고 합니다."

"어째서 그런가?"

"영웅문은 자신들과 터럭만큼이라도 연이 닿은 사람들은 끝까지 책임을 지기 때문입니다."

"호오······."

"영웅문은 거대한 상권을 거느리고 있는데 자신들의 상권이 미치는 모든 곳에 더없는 자비를 베풀고 있습니다."

"그럴 수가······."

네 명의 장문인은 감탄하느라 차가 식는 줄도 몰랐다.

"남경으로 모여들고 있는 강남무림의 방파와 문파들이 보낸 고수들은 오는 도중에 주루와 객점, 기루에서 호의호식할 수가 있습니다."

"어째서 그런가?"

"그들이 쓰는 비용을 영웅문이 지불하겠다고 선포했기 때문입니다."

"그들이 수십만 명이라고 하지 않았는가?"

"그렇습니다."

"수십만 명이 며칠씩 여행을 하면서 먹고 마신 비용이 대단할 텐데 그걸 지불한다는 말인가?"

"그래서 영웅문입니다."

"어허······."

"또한 영웅문은 그들 각처에서 모인 고수들에게 일률적으로 매월 녹봉 은자 오십 냥을 지불하겠다고 선포했습니다."

"……"

이쯤 되니까 네 명의 장문인들은 할 말을 잃고 말았다.

한참이 지난 후에야 현우자가 겨우 입을 열었다.

"무량수불… 그렇다면 이제는 영웅문이 저지른 악행에 대해서 말해보시게."

포구분타주는 눈을 껌뻑거리고 고개를 갸웃거리더니 두 팔을 벌려 보였다.

"없습니다."

"없다고?"

"그렇습니다. 영웅문에게 죄가 있다면 정의롭고 자비롭다는 것뿐입니다."

그 말에 혜각선사는 고개를 끄떡였다.

"아미타불… 노납이 들은 소문과 별반 다르지 않소이다."

그는 세 사람을 둘러보면서 말을 이었다.

"존재함으로써 빛이 되는 것이 있는 반면에 존재하는 것만으로도 해악이 되는 것이 있소이다."

세 사람은 혜각선사가 무슨 말을 할 것인지 대충 짐작하는 것 같았다.

"영웅문은 태양 같은 존재외다. 하늘의 태양을 떨어뜨리면 어찌 되겠소?"

"천군성이 영웅문에 대해서 잘못 알고 있는 것이 아니오?"

"아무래도 그런 것 같소이다."

현우자의 말에 다들 고개를 끄떡였다.

"이런 상황인데 노납들이 앞장서서 영웅문을 공격하는 게 옳은 일이오?"

화산파 장문인 벽파대협이 단호한 표정으로 말했다.

"그럴 수는 없소이다. 천군성이 어째서 영웅문을 괴멸시키려는 것인지 그 의도가 궁금하기 짝이 없소이다."

아미파 장문인 자하신니가 고개를 끄떡였다.

"천군성은 개파 이래 지금껏 강북무림에 평화가 정착되도록 많은 노력을 기울였는데 이런 일은 이해하기 어렵군요."

혜각선사가 손을 저어서 개방 포구분타주를 물러가게 한 후에 나직이 말했다.

"어쨌든 우리는 이제 결정을 해야 하오."

현우자가 말을 이었다.

"구파일방이 모두 천군성으로부터 초영장을 받아 거기에 따르기로 했으나 상황이 이러니까 다시 한번 진지하게 논의를 해야겠소."

벽파대협은 손바닥으로 탁자를 두드렸다.

탕탕탕!

"논의고 나발이고 본파는 이런 일에서 빠지겠소이다."

"초영장을 거부하면 천군성에서 가만히 있을까요?"

자하신니의 말에 현우자가 고개를 끄떡였다.

"일단 구파일방 장문인들이 다 모이면 이 일에 대해서 다시 상의를 해봅시다."

그때 창밖의 강 쪽에서 여자의 잔잔한 목소리가 들렸다.

"상의할 것 없어요."

네 명이 흠칫 놀랄 때 열어놓은 창을 통해서 두 사람이 유령처럼 안으로 스며들었다.

두 사람 진천룡과 설옥군은 손을 꼭 잡은 채 탁자 옆에 나란히 살포시 내려섰다.

혜각선사를 비롯한 네 명의 장문인들은 설옥군과 안면이 있기에 그녀를 즉시 알아보고 크게 놀라 우르르 일어섰다.

"아미타불… 성주 시주가 아니시오?"

"맙소사……! 천군성주 도우께서 어떻게 여기에 납시었소?"

설옥군은 가볍게 고개를 숙여 인사했다.

"오랜만이에요, 여러분."

*   *   *

장문인들은 성신도의 대도주인 화라연과 대명제국이 손을 잡고 지상의 모든 나라들을 제패하려고 이런 일을 꾸몄다는 설옥군의 설명을 자세히 들었다.

"성주! 그게 사실이오?"

"맙소사… 그런 일이 있다니……."

네 명의 장문인들은 꿈에서도 상상하지 못했던 일에 크게 놀랐다.

설옥군은 침착하게 말했다.

"성신도와 대명제국의 발호를 막아야만 해요."

"당연하오."

"어떻게 해서든 막아야 하오."

네 장문인은 단호한 표정으로 고개를 끄떡였다.

"노납들이 어떻게 도와야 하는지 성주 시주께서 말씀만 해 주시오."

설옥군은 진지한 표정을 지었다.

"현재 장강 하류에서 남경을 향해 진군하고 있는 성신도와 대명제국의 황군, 그리고 강북무림 전역에서 남하하고 있는 고수들을 막아야 해요."

네 명의 장문인들은 처음 듣는 말에 크게 놀랐다.

"황군이 오고 있다는 말씀이오?"

"그렇다면 이것은 전쟁이 아니오?"

설옥군은 고개를 끄떡였다.

"맞아요. 전쟁이에요."

현우자가 심각한 얼굴로 설옥군에게 물었다.

"성주 도우께선 어쩌실 계획이시오?"

"저는 천군성을 장악했어요. 이제부터는 영웅문을 도와서 성신도와 대명제국 황군과 맞서야지요."

"영웅문에는 이 사실을 알렸소이까?"

설옥군은 엷게 미소 지으며 대답했다.

"기꺼이 본성과 손을 잡겠다고 했어요."

"오오… 누가 그런 말을 했소이까?"

"영웅문주예요."

"영웅문주가 직접 그런 말을 했다는 말이외까?"

"그래요."

혜각선사는 미소를 지으며 크게 고개를 끄떡였다.

"천군성과 영웅문이 힘을 모으면 성신도와 황군을 막을 수 있지 않겠소? 정말 다행한 일이오."

설옥군은 정중하게 말했다.

"장문인들께서 구파일방의 나머지 문파들을 설득해서 동참시켜 주세요."

"힘껏 해보겠소."

"염려하지 마시오. 다들 우리와 같은 생각일 것이오."

네 장문인은 고개를 크게 끄떡였다.

현우자가 심각한 얼굴로 중얼거렸다.

"전쟁을 막기 위해서 전쟁을 벌여야 하는구먼."

자하신니가 걱정하는 얼굴로 말을 이었다.

"황군과 성신도의 고수, 그리고 강북무림의 고수들은 수가 얼마나 될까요?"

"황군 삼십만, 성신고수 일만, 강북무림 고수 이십만 정도로 잡고 있어요."

"맙소사……."

"엄청나군요."

네 장문인은 기함할 정도로 놀라는 표정을 지었다.

"더구나 성신도의 고수 일만은 강북무림 고수나 황군보다 훨씬 고강할 것이오."

그때 여태 침묵하고 있던 진천룡이 엷은 미소를 지으며 말했다.

"막을 수 있을 것이오."

아까부터 진천룡이 누구기에 설옥군과 같이 왔는지 무척 궁금했던 네 장문인은 그를 쳐다보았다.

"소협은 누구신가?"

그때까지도 진천룡의 손을 꼭 잡고 있는 설옥군이 화사하게 미소 지으며 그를 소개했다.

"이분은 영웅문주예요."

"오오……."

"이런 세상에……."

장문인들은 설옥군을 만났을 때보다 더 놀라서 눈을 휘둥그렇게 떴다.

진천룡은 정중하게 포권을 했다.

"처음 뵙겠소. 진천룡이오."

장문인들은 진천룡의 헌앙함에 감탄을 금치 못했다.

두 사람이 손을 잡고 있는 것을 보고 벽파대협이 궁금한 얼굴로 물었다.

"그런데 두 분은 어떤 사이요?"

설옥군은 얼굴을 붉히는데 진천룡이 껄껄 웃으며 씩씩하게 대답했다.

"하하하! 곧 혼인할 사이외다."

*　　　*　　　*

쿠우우…….

대명제국의 함선들이 끝이 보이지 않을 정도로 장강을 가득 메운 채 상류로 나아가고 있다.

강물 속 바닥과 수면의 중간쯤에 다섯 사람이 우뚝 선 자세로 나란히 서 있다.

가운데 진천룡과 소정원이 있고 그 양쪽에 설옥군과 부옥령, 종초홍이 있다.

다섯 사람 전면의 수면에 거대한 함선들의 밑바닥이 깊게 가라앉은 채 다가오고 있는 광경이 보인다.

쿠쿠우우…….

[원아, 준비해라.]

[네, 주인님.]

진천룡의 말에 소정원이 대답을 하고 두 팔을 앞으로 뻗으며 공력을 끌어올렸다.

진천룡을 비롯한 네 사람은 그녀의 뒤로 가서 두 손으로 어깨를 잡고 공력을 주입했다.

네 사람의 공력을 모두 소정원에게 통째로 주입하는 것이다.

소정원은 물을 이용한 수공(水攻)을 자유자재로 다루기 때문에 그녀에게 무진장의 공력을 주입시켜서 함선들 밑바닥에 구멍을 뚫으려는 것이다.

원래 소정원의 능력으로는 십여 척의 함선에 구멍을 뚫을 수 있을 터이다.

거기에 초범입성인 다섯 사람의 공력을 합치면 한 번에 최소 삼십여 척의 함선 밑바닥에 구멍을 뚫게 될 것이다.

쿠쿠쿠우우우…….

함선의 선두가 십여 장 전면으로 다가왔다.

[원아, 시작하자.]

[네, 주인님!]

힘차게 대답한 소정원은 앞으로 전진하면서 두 손바닥으로 공력을 발출하며 초식을 전개했다.

우우우웅!

그녀 주위의 물이 격탕하면서 회오리를 일으켰다.

그 순간 그녀가 머리 위를 지나고 있는 함선들을 향해 두 손을 뻗으며 손목을 뒤집었다.

휘류류룽!

순간 사람 몸통보다 십여 배 더 굵은 거대한 두 줄기 물기둥이 함선들을 향해 쏘아 올랐다.

그러는가 싶더니 두 줄기가 네 줄기로 그것이 다시 여덟 줄기, 또다시 열여섯 줄기, 마지막으로 서른두 줄기로 나누어져서 여러 척의 함선을 향해 뿜어졌다.

콰자자작!

[가자!]

함선 몇 척의 밑바닥에 구멍이 뚫렸는지 확인할 겨를도 없이 진천룡은 소정원의 가느다란 허리를 팔로 감고 전면을 향해 빠르게 쏘아갔다.

[그만하자.]

소정원이 수공을 정확하게 열 번 출수했을 때 진천룡은 그녀를 제지했다.

함선 밑바닥에 머리통 크기의 구멍을 양쪽으로 뚫었기 때문에 침몰하기 전에 구멍을 막을 수는 없어도 금세 가라앉지 않을 것이므로 그사이에 사람들을 구할 수가 있다.

진천룡의 의도는 인명 피해를 최소화하면서 적을 물리치려는 것이다.

그의 선한 의도를 알기에 설옥군을 비롯한 측근들은 그를 더욱 존경하고 좋아하는 것이다.

[물러나자.]

진천룡은 양팔로 소정원과 설옥군의 허리를 안고 장강의 남쪽으로 쏜살같이 쏘아갔다.

쏘아가면서 뒤돌아보자 때마침 누군가 함선에서 물속으로 뛰어들고 있었다.

물이 탁해서 잘 보이지 않았지만 가장 선두에 뛰어든 사람은 화라연이 분명했다.

발 빠르게 물러서길 잘했다. 까딱했으면 화라연과 한판 싸움을 벌일 뻔했다.

화라연이 무서운 것은 아니지만 어쨌든 설옥군의 친할머니이고 한때 진천룡이 예뻐서 제자로 삼으려고 했던 일견 자상한 사람이다.

그러므로 화라연하고의 싸움은 피할 수 있으면 피하는 것이 좋다.

화라연이 주변을 두리번거리고 있을 때 진천룡 일행은 함대에서 거의 백여 장 이상 물러났다. 탁한 강물 속에서 백여 장이라면 안심해도 좋다.

진천룡 일행은 강 가장자리에 떠 있는 어느 배에 올라서 함선들을 바라보고 있다.

함선들이 진행을 멈추었다. 선두의 함선들이 침몰하고 있는데 계속 전진할 리가 없다.

진천룡 일행이 지켜보는 가운데 함선들은 급히 방향을 바꾸어 장강 북쪽 기슭으로 꼬리를 물고 향하고 있다.

"저기 보세요."

군이 부옥령이 손으로 가리키면서 말하지 않아도 진천룡 등은 모두 보고 있었다.

밑바닥에 구멍이 뚫려서 한쪽으로 기울어지고 있는 함선들만 강가로 향하고 나머지 배들은 다시 상류를 향해서 전진하기 시작한 것이다.

"뭐 저런 놈들이 다 있어?"

"저럴 줄 알았어요."

진천룡이 어이없어하자 부옥령이 미간을 찌푸리며 말했다.

진천룡은 턱을 쓰다듬었다. 난감할 때 그가 하는 손버릇이다.

"어떻게 하지?"

강물 속에서 함선에 접근하면 화라연이 지키고 있어서 부딪치게 될 것이기 때문이다.

설옥군이 기발한 방법을 생각해 냈다.

"수면 위로 낮게 날면서 배에 구멍을 내도록 해요."

진천룡은 고개를 끄떡였다.

"좋아. 이번에는 백 척쯤 뚫어버리자고."

처음에는 정확하게 삼십칠 척의 밑바닥에 구멍을 뚫고 물러났었다. 그만하면 되지 않을까 짐작했으나 화라연을 얕봤다.

화라연은 자신이 오랜 세월 동안 심혈을 기울여서 키운 초고수 조직 성신광조(聖神光組) 백여 명을 이끌고 강물 속 함대 밑바닥을 빙빙 돌면서 삼엄하게 경계하고 있다.

'천룡 이놈이 틀림없어.'

그녀는 함선들의 밑바닥에 구멍을 뚫은 것이 진천룡의 소행이라고 직감했다.

그녀는 팔괘주의 쇄벽강공에서 진천룡이 살아 나갔다는 것과 팔괘주의 천군고수들이 설옥군의 수중에 들어갔다는 사실을 알고 있었다.

얼마 전에 진천룡을 쇄벽강공에 가둘 때까지만 해도 녀석이 그다지 밉지 않았었다.

그저 앞길에 걸림돌이 될 테니까 제거한다는 단순한 생각을 했었다.

그런데 지금은 증오가 살금살금 피어났다. 귀여워했던 녀석이 기어오르더니 목덜미를 피가 나도록 깨무는 격이다.

만약 이번에 제대로 걸리기만 하면 녀석을 반드시 죽여야겠다고 화라연은 다짐했다.

'녀석하고는 인연이 닿지 않는 것이다.'

第二百二十章

장강생사전(長江生死戰)

소정원을 필두로 진천룡과 설옥군 등 네 명이 뒤따르면서 강물의 수면과 두 자 거리를 두고 낮게 날아가고 있다.

수면을 향해 엎드린 자세에서 선두로 쏘아가는 소정원이 두 팔을 휘둘렀다.

쿠우우웅…….

그러자 소정원 좌우 수면에 커다란 소용돌이 두 개가 생겨나더니 굵은 물줄기가 되어 비스듬히 수면 아래를 향해 맹렬히 돌진했다.

휘류류류!

그것들은 다시 수십 줄기로 갈라져서 함선들의 밑바닥을 향해 무서운 기세로 흩어졌다.

퍼어억! 꾸우웅! 꿍!

수면 가까운 물속에서 묵직한 음향이 터지면서 물기둥이 수면 위로 솟구쳤다.

진천룡은 부옥령의 팔을 잡아 뒤로 끌었다.

[령아.]

부옥령은 무슨 뜻인지 즉각 알아차리고 진천룡과 함께 뒤로 날아갔다.

함선들이 공격당하는 것을 알고 강물 속에서 경계하고 있던 화라연이 나올 것이기 때문에 그녀를 상대하려는 것이다.

소정원은 설옥군, 종초홍과 함께 수면을 낮게 날며 계속 함선 밑창을 뚫고 있다.

퍼퍼어억! 쿠쿵! 꾸우웅!

진천룡은 강물 아래를 주시하고 있다가 부옥령에게 전음을 보냈다.

[저기 할망구가 온다.]

츄악!

"이 녀석!"

화라연은 물속에서 이미 진천룡을 발견하고 곧장 그에게 짓쳐가면서 오른손 일장을 뻗었다.

그녀는 자신의 야망을 가로막는 최대 걸림돌이 진천룡이라고 판단했기에 손속에 사정을 두지 않았다.

"월극(月極)!"

화라연이 쩌렁하게 외치자 그녀의 오른손에서 짙푸른 광채가 번쩍 뿜어졌다.

성신도 최고절학 오극성궁력은 천지양월성(天地陽月星) 즉, 하늘과 땅, 태양, 달, 별을 가리킨다.

오극을 모아서 전개할 수도 있고 따로 떼어 하나 혹은 둘, 셋만으로도 전개할 수 있다.

지금 화라연이 펼친 것은 월극 즉, 달의 기운이다.

'위험하다!'

진천룡은 자신과 부옥령을 향해 쇄도하는 짙푸른 광채가 월극인 것을 알아보고 자신이 그냥 방어할 수 있는 수준이 아니라고 판단했다.

피하기에는 이미 늦었다. 할 수 있는 방법은 방어인데 혼자할 수 있는 것이 아니다.

그때 부옥령이 두 손바닥을 그의 등에 붙였다.

"⋯⋯!"

그녀는 아무 말도 없었지만 진천룡은 그게 무슨 뜻인지 알고 있다.

그녀에게 도와달라고 말로 하기는 시간이 촉박했는데 그녀가 미리 알아서 도움의 손길을 뻗은 것이다.

'나도 월극을 써야 하나?'

진천룡도 오극성궁력을 익혔으므로 오극 천지양월성을 따로 하나씩 전개하는 수련을 했었다.

'좋다. 월극!'

호승심이 부쩍 생긴 그는 화라연과 같은 오극의 월극을 쌍수로 전개하며 힘껏 뻗었다.

무엇이든 한번 결정하고 나면 절대 후회하지 않는 그는 자신과 부옥령의 전 공력을 주입했다.

꽈드둥!

두 줄기 월극이 격돌하는 순간 엄청난 반탄력에 화라연은 물속으로 곤두박질하여 강바닥에 처박히고, 진천룡과 부옥령은 한 덩이가 되어 하늘로 쏘아 올랐다.

진천룡은 두 팔이 부러지는 듯한 통증을 느끼며 이를 악물었고, 부옥령은 두 팔로 그의 가슴을 꼭 끌어안았다.

'으윽……! 이렇게 고강할 줄이야……'

자신과 부옥령의 공력을 합쳤는데도 이 정도라면 도대체 화라연의 진실한 실력이 어느 정도라는 말인가.

푸악!

"크흑……!"

화라연은 쏜살같이 내리꽂혀서 강바닥의 진흙 속에 깊숙이 쑤셔 박혔다.

그녀는 진흙과 땅을 뚫고 일 장이나 쑤셔 박힌 채 아연실색하고 말았다.

'이 녀석 도대체 공력이 어느 정도라는 겐가?'

그녀는 진천룡이 부옥령과 연합했다는 사실을 모른 채 구덩이 속에서 망연자실하고 말았다.

진천룡은 화라연이 다시 튀어나올 것에 대비하여 전 공력을 끌어올리고 있는데 열 호흡이 지나도록 그녀가 나오지 않자 불안해졌다.

'암습하려는 것인가?'

그때 부옥령이 다급히 외쳤다.

"주인님, 강물 속에서 백여 명이 쏘아오고 있어요!"

그 순간 진천룡의 뇌리를 스치는 것이 있다.

'아차! 할망구는 혼자가 아니었어!'

그는 몸을 돌리며 부옥령을 붙잡았다.

"튀자."

그 순간 부옥령은 접간공리를 전개했다.

스읏!

한 덩이가 된 두 사람의 모습이 흐릿해지는가 싶더니 그 자리에서 씻은 듯이 사라졌다.

촤아악!

다음 순간 방금 전까지 진천룡과 부옥령이 머물러 있던 곳의 수면을 뚫고 백여 명의 절정고수들이 솟구쳤다.

그러나 그들은 표적을 잃고 재빨리 주위를 두리번거리며 진천룡과 부옥령을 찾았다.

그곳에서 사십여 장 떨어진 곳에서 소정원 일행과 합류한 진천룡은 재빨리 설옥군에게 물었다.

"몇 척이나 뚫었소?"

"이백오십 척이에요."

"일단 물러납시다."

그 순간 다섯 명은 허공으로 빛처럼 빠르게 솟구쳤다.

화라연의 직속수하 성신광조 백 명이 그 즉시 진천룡 일행을 추격했다.

성신광조가 구름을 뚫고 위로 솟구쳤을 때 그곳에는 아무도 없었다.

진천룡 일행은 더 높은 곳에서 어풍비행을 전개하여 이미 장강의 절반 이상 건너가고 있는 중이다.

*   *   *

"대도주는 미친 게 분명해요."

소정원은 고개를 살래살래 가로저었다.

그렇게 말했다가 소정원은 설옥군의 눈치를 살피며 얼른 고개를 숙였다.

"죄송해요."

함대는 삼백여 척이 밑바닥에 구멍이 뚫려서 급히 강가로 향했는데도 멀쩡한 함선을 규합해 진격을 계속하고 있었다. 그래서 소정원이 넌더리가 난다는 듯이 그렇게 말했던 것이다.

전체 오천여 척의 함선 중에서 삼백여 척이면 적은 수이기는 하다.

설옥군은 방그레 미소 지으며 손을 내저었다.

"괜찮아요. 신경 쓰지 말아요."

소정원은 진천룡을 보며 조심스럽게 물었다.

"이제 어쩌죠?"

"글쎄다……."

진천룡은 미간을 찌푸리다가 모두에게 물었다.

"좋은 생각 있으면 말해봐."

이들 다섯 명은 강둑에 나란히 서서 저 멀리 황군함대를 바라보고 있다.

지금 함대에서 남경까지 거리는 채 삼십여 리도 남지 않았다.

현재는 함대가 상류를 향해 일직선으로 항해하고 있지만 때가 되면 일제히 장강 남쪽으로 진로를 바꾸어서 강을 건넌다면 진천룡으로서는 속수무책이다.

사천칠백여 척에 이르는 어마어마한 대함대를 어떻게 감당한다는 말인가.

종초홍이 별로 자신 없는 얼굴로 조심스럽게 말했다.

"화공은 어때요?"

부옥령이 고개를 가로저었다.

"안 돼. 함선에는 화포가 있기 때문에 가까이 접근할 수가 없다. 화전(火箭) 사정거리에 들어가지도 못할 거야."

"그렇군요."

그러자 진천룡이 별거 아니라는 듯이 말했다.

"그거 내가 하지 뭐."

"어쩌시려고요?"

진천룡은 재미있다는 표정을 지었다.

"이번에는 너희들이 나를 도와다오."

'너희들'이란 부옥령과 소정원, 종초홍을 가리킨 것이라서 진천룡은 설옥군에게 빙그레 웃으며 말했다.

"옥군도 도와주시오."

"그 '너희들' 속에 나도 끼워준다면 도와주겠어요."

진천룡은 펄쩍 뛰었다.

"말도 안 되는 소리! 세상천지에 자기 아내에게 '너'라고 하는 남자가 어디에 있다는 말이오?"

"그럼 뭐라고 부르죠?"

진천룡은 쑥스러운 얼굴로 더듬거렸다.

"여… 여보."

"……"

설옥군은 얼굴이 노을처럼 빨개져서 고개를 푹 숙이고 아무 말도 하지 못했다.

*　　　*　　　*

진천룡은 구름 사이로 함대를 내려다보았다.

다행히 구름이 낮게 깔려서 그와 네 여자의 모습을 은밀하게 가려주었다.

그는 오극성궁력의 양(陽)의 기운 즉, 양극(陽極)을 전개할 생각이다.

화라연에게 배운 성신도의 최고절학을 화라연이 이끄는 함대를 향해 사용하다니 묘한 인연이다.

진천룡 일행은 장강의 남쪽에서 상승하여 어풍비행으로 여기까지 왔기 때문에 그들의 존재는 아무도 모를 것이다.

'불은 물하고는 차원이 다를 것이다.'

진천룡은 쉽게 양극을 전개하지 못하고 씁쓸한 표정으로 저 아래의 함대를 지그시 굽어보았다.

함선 밑바닥에 구멍을 뚫으면 천천히 가라앉기 때문에 배에 탄 사람들이 충분히 대피할 수가 있다.

하지만 불로 공격하여 함선이 불길에 휩싸이면 배에 탄 사람들은 우왕좌왕하다가 불에 타거나 강에 뛰어들 것이고, 그래서 희생자가 훨씬 더 많아질 것이다.

얼마 전까지의 진천룡이라면 적은 무조건 죽여야 한다고 생각했었고, 그래야지만 그것이 진정한 승리라고 믿었다.

하지만 지금 그의 생각은 많이 변했다. 많은 사람들에게 정의와 선행, 협행, 자비를 많이 베풀다 보니까 그 자신도 모르는 사이에 성인군자가 되어가고 있는 중이다.

물론 그 자신은 그런 사실을 모를뿐더러 인정하지도 않을 것이다.

설옥군과 부옥령은 진천룡과 분신이나 다름이 없는 여자들이라서 그가 어째서 머뭇거리는지 잘 알고 있다.

그러나 그의 심중을 간파하지 못한 소정원과 종초홍은 의아한 표정으로 그를 바라보았다.

"무얼 하세요? 불 공격을 하신다면서요?"

참다못한 종초홍이 재잘거렸다.

설옥군과 부옥령은 종초홍을 제지하지 않았다. 어차피 화공을 해야지만 이 전쟁을 막을 수 있다면 할 수밖에 없다.

진천룡은 굳은 얼굴로 고개를 끄떡였다.

"알았다. 시작하마."

그는 네 여자를 둘러보았다.

"자, 내 뒤에 붙어라. 앞으로 나아가면서 함선들에게 쭉 불을 붙이는 것이다."

"네."

네 여자는 종달새처럼 대답하고는 설옥군을 순서로 진천룡의 어깨에 손을 얹었다.

그러자 진천룡이 설옥군의 손을 떼어 자신의 허리에 두르게 했다.

설옥군은 머뭇거리지 않고 그대로 가슴을 그의 등에 밀착시키며 두 팔로 그의 허리를 꼭 끌어안았다.

진천룡은 오극성궁력 양극의 초식을 외우면서 공력을 운기하며 앞으로 쏘아나갔다.

"시작한다."

그러자 설옥군을 비롯한 네 여자의 공력이 그의 몸으로 해일처럼 주입됐다.

한순간 그의 두 팔이 붉게 변하면서 두 손바닥에서 새빨간 불이 넘실거렸다. 하지만 팔을 덮고 있는 옷은 전혀 불타지 않았다.

그가 양극을 전개하면 함선에서 눈을 불을 켜고 경계하고 있는 화라연이 즉시 알아차릴 것이다.

그러므로 그녀가 상공에 도달하기 전에 최대한 많은 함선에 불을 질러야만 할 것이다.

진천룡은 이번에는 방법을 달리했다. 첫 번째와 두 번째는 함대의 선두를 공격했었는데 이번에는 함대의 중간쯤에서 선두 쪽으로 공격하려고 한다.

"동풍이 불고 있어요."

설옥군이 진천룡의 등에 뺨을 대고 속삭였다.

장강의 동쪽은 상류이고 서쪽은 하류다. 즉, 함대는 서쪽에서 동쪽으로 이동하고 있기 때문에 일단 불이 붙으면 동풍을 타고 빠르게 불길이 번질 것이다.

그 순간 진천룡의 쌍장에서 새빨간 홍염이 일직선으로 쭉 뻗어나갔다.

콰아아앗!

일 장 두께의 무쇠를 녹일 수 있는 양극의 홍염은 뻗어나가다가 열 갈래로 나누어졌다.

화르르릉!

그 광경은 마치 하늘에서 번갯불이 내리꽂히는 것 같았다.

열 갈래는 다시 스무 갈래로, 스무 갈래는 사십 갈래로 쪼개져서 함대를 덮쳤다.

화아아악!

함선들은 모두 나무로 만들어졌기에 불에는 전혀 맥을 추지 못한다.

함대는 또다시 배 밑바닥에 구멍이 뚫릴 것만을 노심초사 경계하다가 전혀 예상하지 못했던 하늘에서의 불벼락 공격을 당하고 아비규환에 빠져 버렸다.

* * *

쉬아앗!

화라연과 성신광조 백 명이 상공으로 솟구쳤다.

그사이에 진천룡은 한 번 더 양극의 홍염을 발출하여 함대를 향해 뿜어댔다.

콰우우웅!

붉다 못해서 새하얗게 보이는 홍염은 마지막에 사십 줄기로 갈라져서 소나기처럼 함대를 덮쳤다.

콰르르릉!

이번이 네 번째 양극 발출이고 그로 인해서 이백여 척의 함선들이 불길에 휩싸여 맹렬하게 타고 있다.

진천룡이 소정원과 종초홍에게 재빨리 전음을 보냈다.

[원아, 홍아, 너희 둘은 강물 속으로 들어가서 함선을 부수고 도주해라.]

소정원과 종초홍은 진천룡의 말을 듣는 즉시 무리에서 벗어나 급전직하하여 강물 속으로 잠수했다.

수백 척의 함선들이 불타고 있기 때문에 그녀들이 강물 속으로 들어가는 것은 누구의 눈에도 띄지 않았다.

진천룡은 화라연과 성신광조가 자신이 조금 전에 지나온 후미에서 상공으로 솟구친 것을 돌아보았다.

그는 마지막 다섯 번째 양극의 홍염을 아래를 향해 힘껏 뿜으면서 쏘아낸 화살보다 대여섯 배 빠른 속도로 전면으로 쏘아갔다.

콰르르릉!

[가자!]

진천룡은 방향을 오른쪽으로 꺾어서 장강의 남쪽으로 향하는 것처럼 행동했다.

그의 허리를 안은 설옥군과 그녀의 허리를 안은 부옥령이 한 몸처럼 움직였다.

화라연과 성신광조 백 명이 구름을 뚫고 진천룡의 뒤를 추격하는데 거리가 이십여 장이다.

화라연이 이십여 장 뒤까지 따라붙어 추격하는 데 비해서 성신광조는 그녀의 뒤 십오 장 거리에서 따르고 있다.

그런데 시간이 지날수록 화라연과 성신광조와의 거리가 쑥쑥 멀어졌다.

성신광조의 무위는 화라연의 절반에도 못 미친다. 그러므로 뒤처지는 것은 당연한 일이다.

남쪽으로 향하던 진천룡 일행은 갑자기 수직으로 빛처럼 상승했다.

쉬이이……

'진천룡 이놈! 절대 놓치지 않겠다!'

화라연은 이를 갈면서 한층 더 속도를 높여서 전력으로 추격했다.

그녀가 몇 겹의 구름을 뚫고 솟구쳤을 때 진천룡 등의 모습이 씻은 듯이 사라지고 아무도 보이지 않았다.

'허엇?'

화라연은 직감적으로 자신이 좋지 않은 상황에 빠졌다는 사실을 느꼈다.

자신 정도의 절대고수가 추격하던 표적을 놓칠 리가 없는데, 그런 일이 실제로 벌어졌다면 각오를 해야만 한다.

진천룡 일행 세 명이 어디로 사라졌는지도 모르는 상황에 느닷없이 좌우와 등 뒤 세 방향에서 화라연을 향해 맹렬한 공격이 뿜어졌다.

콰우웅!

'이놈들!'

화라연은 발끈했지만 진천룡과 설옥군, 부옥령의 합공을 혼자서 받아낼 만큼 바보가 아니다.

슈웃!

그녀는 번개같이 위로 솟구치면서 재빨리 아래를 굽어보며 진천룡을 향해 전력으로 천지극(天地極)을 뿜어냈다.

"……!"

그런데 진천룡이 있을 것이라고 짐작한 방향에는 아무도 없지 않은가.

대신 화라연의 좌우에서 설옥군과 부옥령이 무서운 공격을 퍼붓고 있었다.

그 순간 화라연은 정수리가 확 당겼다.

'이놈 자식!'

진천룡은 그녀의 머리 위에서 공격하고 있었던 것이다.

설옥군은 화라연의 왼쪽에서, 그리고 부옥령은 배후에서 공격하는 척하고는 재빨리 오른쪽에서 공격했다.

그러니까 화라연이 느끼기에는 좌우와 배후에서 공격당하는 것만 같았다.

화라연은 진천룡이 있을 것이라고 확신한 빈 곳을 향해 공격을 하던 중이어서 머리 위에서 공격해 오는 진천룡을 어떻게 해볼 방법이 없었다.

화라연은 아무도 없는 빈 곳을 공격하고 그 순간 진천룡과 설옥군, 부옥령의 전력 공격을 고스란히 한 몸으로 받게 될 것이다.

그렇게 되면 그녀가 제아무리 절대고수가 아니라 대라신선이라고 해도 살아날 길이 없다.

'이런……'

그녀는 빈 곳을 향해 발출했던 공격을 그만두고 두 눈을 질끈 감았다.

그 순간 그녀의 뇌리로 그동안 살아오면서 겪었던 수많은 일들이 주마등처럼 떠오르며 스쳐갔다.

'다 부질없는 것을……'

그리고 최후의 순간에 그녀는 그렇게 속으로 중얼거렸다.

……

그런데 잠시가 지나도록 아무 일도 일어나지 않아서 그녀는 번쩍 눈을 뜨고 위를 올려다보았다.

머리 위 삼 장 거리에 정지한 진천룡이 담담한 미소를 지으며 그녀를 굽어보고 있었다.

다시 고개를 내려 설옥군과 부옥령을 쳐다보니까 그녀들도 담담하면서 연민 어린 표정을 짓고 있었다.

화라연은 무언가 알 수 없는 전율이 정수리를 뚫는 것 같은 느낌을 받았다.

그때 진천룡이 천천히 하강하여 화라연 옆에 내려서 부드럽게 말했다.

"할머니, 이제 그만하시오."

설옥군과 부옥령은 화라연 옆 반 장 거리에 나란히 내려선 진천룡을 보면서 조마조마한 표정을 지었다.

진천룡은 화라연이란 사람에 대해서 모르고 있는 것 같았다.

"대체 뭘 위해서 이런 일은 하는 것이오? 이쯤에서 그만두고 우리 행복하게……."

슈웃!

바로 그 순간 화라연의 오른손 일장이 진천룡을 향해 번개같이 뻗어졌다.

"……!"

뿌악!

"으악!"

화라연이 회심의 일격으로 뿜어낸 오극성궁력의 천지극이 진천룡의 가슴 한복판에 정통으로 적중됐다.

화라연은 쏜살같이 날아가는 진천룡을 보면서 일순 착잡한 표정을 지었다.

그러나 그녀는 곧 차갑게 코웃음을 쳤다.

"흥! 건방진 놈! 누굴 훈계하는 것이냐?"

설옥군과 부옥령의 얼굴이 해쓱하게 변했다.

그 순간 설옥군과 부옥령은 양쪽에서 화라연을 향해 쏘아가며 전력으로 공격을 전개했다.

"죽어랏!"

쿠우웃!

진천룡이 피를 토하면서 날아가는 광경을 목격한 설옥군과 부옥령은 제정신이 아니다.

화라연은 양쪽에서 쇄도하는 두 줄기 공격을 양손을 뻗어 반격하며 막았다.

꽈꽝!

"으윽……!"

별것 아니라고 여겼던 설옥군과 부옥령의 공격을 막아내고는 화라연은 기혈이 크게 들끓고 장기가 흔들리는 것을 느끼며 왈칵 핏덩이를 토했다.

"우욱!"

그 순간 화라연은 천근추의 수법을 발휘하여 아래로 급속히 쑤욱 하강했다.

설옥군과 부옥령은 화라연을 쫓을 생각은 하지 않고 진천룡이 날아간 방향으로 쏜살같이 쏘아갔다.

*　　　　　*　　　　　*

설옥군과 부옥령은 진천룡이 강물 속으로 서서히 가라앉고 있는 것을 발견했다.

[천룡!]

설옥군이 부둥켜안자 진천룡은 쿡쿡 쑥스러운 듯이 웃었다.

[무지하게 아프군요.]

벌어진 입과 코에서 피가 흘렀고 강물이 쏟아져 들어가는데
도 그는 키득거렸다.

설옥군은 그를 안고 위로 솟구치며 눈물을 흘렸다.

[조금만 기다려요. 내가 치료해 줄게요.]

부옥령은 곁에서 지켜보면서도 진천룡에게는 손끝 하나 대
지 않았다. 설옥군이 있을 때에는 조심하지 않으면 안 된다.

장강 남쪽 강가의 바위에 올라선 설옥군은 안고 있는 진천
룡을 급히 바닥에 내려놓으려고 했다.

그런데 진천룡이 그녀의 몸을 꼭 안은 채 놓지 않아서 내려
놓을 수가 없다.

"아… 왜 이러는 거죠?"

설옥군은 진천룡을 한시바삐 치료해야 한다는 생각에 초조
하기 짝이 없는 표정이다.

그러나 부옥령은 어떻게 된 일인지 알고 있다. 진천룡은 화
라연에게 천지극을 정통으로 적중당해 허공으로 날아가고 강
에 추락하였으나 설옥군에게 구해져 여기까지 안겨 오는 사이
체내의 순정기가 그의 내상을 말끔히 치료한 것이다.

그러니까 그는 현재 아무렇지도 않은 상태에서 설옥군의 품

에 좀 더 오래 안겨 있고 싶어서 수작을 부리고 있는 중이다.

부옥령은 지금처럼 바쁜 상황에 제 욕심만 채우고 있는 진천룡이 얄미워서 그에게 다가갔다.

"어디, 제가 한번 볼게요."

그러면서 손을 밑으로 내려 그의 엉덩이를 힘껏 꼬집었다.

"호흡이나 맥박은 이상이 없는 것 같은데요."

"그렇죠?"

설옥군은 너무 당황한 나머지 진천룡에게 스스로 치료하는 놀라운 능력이 있다는 사실을 잠시 망각한 것 같았다.

진천룡은 방금 꼬집힘에 살점이 뭉텅 떨어져 나가는 아픔을 느꼈으나 소리를 지를 수가 없어서 눈물을 찔끔 참으며 비명을 삼켰다.

부옥령은 이번에는 어딜 꼬집을까 하는 느낌으로 진천룡의 엉덩이를 더듬으면서도 얼굴로는 걱정하는 기색이 역력했다.

"깨어나지 않으면 최후의 방법을 써보는 게 좋겠어요."

꽈악!

"끄악!"

부옥령이 죽을힘을 다해서 꼬집은 허벅지의 야들야들한 살집은 차라리 칼로 잘라내는 게 더 나을 것처럼 아파서 진천룡은 기어코 비명을 지르고 말았다.

진천룡은 설옥군의 품에서 빠져나와 벌떡 일어나서 이리저리 걸어 다니면서 설옥군 모르게 허벅지를 문질러 댔다.

진천룡과 설옥군, 부옥령이 저 멀리 함대가 멈춘 채 온통 불타고 있는 광경을 지켜보고 있을 때 소정원과 종초홍의 머리가 물속에서 불쑥 나오더니 강가로 걸어 나왔다.

"저희들 왔어요."

화라연과 성신광조가 진천룡 일행을 추격하는 사이에 소정원과 종초홍은 다시 오십여 척의 함선 밑바닥에 구멍을 뚫고 유유히 돌아온 것이다.

대명제국의 함대는 마침내 멈추었다.

함선 수백 척이 침몰하고 또 수백 척이 불타는 아비규환을 겪고서도 전진을 할 수 없을 것이다.

진천룡은 입가에 만족한 미소를 머금었다.

"이젠 된 건가?"

"그런 것 같아요."

"좀 더 지켜보는 게 좋겠어요."

설옥군은 고개를 끄떡이는데 치밀한 부옥령은 안심하지 않는 표정이다.

부옥령이 옳았다. 대함대는 충격을 받고 잠시 멈추었을 뿐이지 전진을 포기한 것이 아니었다.

화라연은 침몰하고 불탄 함선들을 놔두고 그 함선에 타고 있던 고수들과 군사들을 다른 함선에 나누어 싣고 다시 전진을 명령했다.

진천룡은 이를 부드득 갈았다.

"정말 지독한 할망구로군."

"주인님께서 아까 실수해서 그래요."

진천룡은 아까 화라연을 죽일 수 있는 절호의 기회에 그녀를 죽이지 않았었다. 그 덕분에 그는 지독한 일장을 얻어맞고 날아갔었다.

그렇지만 진천룡은 화라연이 설옥군의 친할머니이고 그 자신과도 몇 개월 함께 지내면서 본의 아니게 사제지연을 맺었던 터라서 차마 그녀에게 살수를 전개하지 못했었다.

그의 내심을 잘 알고 있는 설옥군이 조용한 목소리로 말했다.

"천룡, 그러지 말아요. 기회가 되면 그녀에게 살수를 전개하도록 하세요."

"옥군."

"만약 내게 그런 기회가 온다면 주저하지 않고 살수를 전개할 거예요."

진천룡은 설옥군이 말은 이렇게 하지만 절대 그러지 못한다는 사실을 잘 알고 있다.

그녀의 말인즉, 내가 못 하니까 당신이라도 화라연을 죽여서 수많은 사람들의 희생을 막아야 한다는 뜻이다.

진천룡은 고개를 끄떡였다.

"알았소."

진천룡과 설옥군, 부옥령 세 사람이 어풍비행을 전개하며 하늘에서 굽어보니 대함대는 느리지만 질서정연하게 상류를 향해 나아가고 있었다.

진천룡은 함대가 몇 척이나 남았는지 선두에서 후미까지 일일이 세어보고 있는데 벌써 셈이 끝난 부옥령이 말했다.

"사천이백여 척이에요."

"틀림없어?"

진천룡이 믿지 못하겠다는 듯 묻자 부옥령은 살짝 미간을 좁혔다.

"제가 누구죠?"

하긴 부옥령이 잘못 세었을 리가 없다.

함선의 밑바닥을 뚫고 불을 지르며 그 난리법석을 떨었거늘 팔백여 척밖에 없애지 못한 것이다.

아니, 사실 팔백여 척이면 어마어마한 수다. 그러나 함대의 함선 수가 오천여 척이라는 것이 문제다.

팔백여 척을 없앴는데도 불구하고 아직 사천이백여 척이나 건재한 것이다.

*   *   *

진천룡은 화라연이 절대로 진격을 포기하지 않을 것이라고 확신하게 되었다.

"이런 식으로 함대를 공격하면 저들이 남경에 도달했을 때 삼천 척 정도 남게 될 거예요."

"그렇겠지."

부옥령의 말에 진천룡은 무겁게 고개를 끄떡였다.

부옥령이 심각한 얼굴로 말을 이었다.

"우리가 함선을 이천 척쯤 침몰시킨다고 해도 거기에 타고 있는 고수나 군사들은 멀쩡할 거예요."

"응."

진천룡이 근본적으로 적들을 죽이지 않으려고 하니까 함선 들을 아무리 많이 침몰시켜도 사람은 거의 죽지 않고 살아남 을 수밖에 없는 것이다.

함선이 삼천 척이 남든 이천 척이 남든 고수들과 군사들이 줄어들지 않는 한 화라연은 남경까지의 진격을 멈추지 않을 것 이 분명하다.

진천룡은 남경으로 돌아가지 않고 여전히 강가에서 함대를 지켜보고 있다.

소정원이 진천룡의 표정을 살피며 조심스럽게 물었다.

"사람을 죽이는 것은 안 되죠?"

"그래."

진천룡은 생각할 것도 없다는 듯 대답했다.

그는 안 된다고 대답을 했으면서도 갈등을 했다. 적들을 죽인다면 함선에 타고 있는 지금 손을 쓰는 것이 가장 좋다.

진천룡과 설옥군, 부옥령, 종초홍, 소정원은 강둑에 나란히 서서 저 멀리 느릿하게 움직이고 있는 함대를 물끄러미 응시하며 침묵을 지켰다.

꽤 오랜 시간이 지난 후에 설옥군이 차분한 목소리로 말문을 열었다.

"할머니를 제거해야 해요."

설옥군으로서는 자신의 핏줄을 제거해야 한다는 말을 하기가 무척 어려웠을 것이다.

"효성태자가 깊이 개입되어 있어요. 그도 제거해야 해요."

진천룡은 반응을 보이지 않고 먼 곳을 응시하고 있을 뿐이다.

설옥군은 진천룡을 보며 다시 강조하듯이 말했다.

"천룡, 할머니와 효성태자를 제거해야지만 이 전쟁을 멈출 수 있어요."

진천룡이 이번에도 반응이 없자 설옥군은 그의 팔을 잡고 가만히 흔들었다.

"천룡, 내 말 듣고 있어요?"

진천룡은 그녀를 보면서 쓸쓸한 얼굴로 고개를 끄떡였다.

그는 설옥군이 얼마나 쓰라린 심정으로 이런 말을 하고 있는지 잘 알기에 마음이 착잡한 것이다.

부옥령이 거들었다.

"안타깝지만 그 방법밖에 없어요."

진천룡은 힘없이 고개를 끄떡였다.

"알고 있다."

그도 그 방법뿐이라는 것을 알지만 설옥군의 친할머니라서 차마 그것을 행동에 옮길 수가 없었다.

그러나 설옥군 자신이 그 방법을 제시하니까 조금은 마음이 편해졌다.

설옥군은 진천룡의 손을 꼭 잡고 아무런 말도 하지 않았다.

그렇지만 진천룡은 그녀의 마음을 알 수 있었다.

진천룡은 화라연을 유인해서 제압하기로 결심하고 실행에 돌입했다.

그는 함대의 후미 상공에서 오극성궁력의 양극으로 화공을 감행했다.

오늘은 구름이 많이 낀 흐린 날씨여서 그는 구름 위에서 아래를 향해 양극을 쉬지 않고 발출했다.

콰우우웅!

[오고 있어요! 피해요!]

설옥군이 잡고 있던 진천룡의 손을 위를 향해 홱 세차게 뿌리쳤다.

진천룡은 자신의 힘에 설옥군의 힘을 합쳐 순식간에 위에 떠 있는 구름 위로 사라졌다.

바로 그때 구름을 뚫고 화라연이 불쑥 위로 솟구쳤다.

그녀는 함대가 또다시 화공을 받아 수십 척이 불타오르자 즉시 성신광조를 이끌고 하늘로 쏘아 오른 것이다.

그렇지만 지금 당장 현장에 당도한 사람은 화라연 혼자뿐이다. 성신광조는 간발의 차이로 뒤처져 있다.

함정에 빠질 것을 우려한 화라연은 구름 위로 솟구치자마자 그곳에 설옥군과 부옥령이 공격할 자세를 취한 채 서 있는 것을 발견하고는 즉시 아래로 하강했다.

그 순간 화라연의 양쪽에서 강맹한 공격이 무시무시하게 뿜어졌다.

그고오옴!

"……!"

그 순간 화라연은 자신이 함정에 빠졌을지도 모른다는 사실을 깨달았다.

방심했다. 아까 진천룡이 그녀의 일격에 적중당했기 때문에 죽었거나 최소한 중상을 입었을 것이므로 그녀를 함정에 빠뜨리는 일은 쉽지 않을 것이라고 방심했었다.

화라연의 머리가 번개처럼 빠르게 회전했다.

구름 위에서는 설옥군과 부옥령이 공격 태세를 갖추고 있었다.

그런데 지금 이렇게 양쪽에서 공격을 하고 있다면 이 둘이 아마 설옥군과 부옥령보다는 하수일 것이다.

화라연이 싸울 수밖에 없다면 호랑이보다는 늑대 쪽이 조금쯤은 나을 것이라고 판단했다.

만약 화라연이 하강하는 속도가 빨랐다면 이 두 명의 공격을 피할 수 있겠지만 구름 위의 두 명과 이들 두 명의 가운데 걸쳐 있으므로 어느 한쪽과 싸울 수밖에 없는 상황이다.

'그렇다면?'

화라연의 입술 끝이 살짝 말아 올라가며 새파란 미소가 머금어졌다.

'이신강위(以神降威)다!'

그녀는 오른쪽을 향해 쏘아가며 일장을 발출하는 것과 동시에 왼쪽을 향해 다른 손을 뻗었다.

이신강위란 적의 공격과 동일 선상에서 같은 속도로 나아가면서 그 공격에 자신의 공력을 보태어 공격 방향을 틀어 다른 적을 공격하게 하는 초상승의 수법이다.

자칫 작은 실수라도 하는 날이면 공격도 방어도 하지 못해서 그대로 선 채 당할 수밖에 없다.

투웅…….

적의 공격에 그녀의 공력이 보태지는 귀에 익은 음향이 듣기 좋았다.

'됐다.'

화라연은 몸을 빙글 반회전하면서 이신강위 수법을 오른쪽의 표적을 향해 털어내듯이 흘려 보냈다.

그리고 다음 순간 그녀는 궁신탄영(弓身彈影)의 수법을 발휘하여 상체를 뒤로 살짝 젖혔다가 마치 활시위를 놓듯이 오른쪽 구름 위를 향해 빛처럼 쏘아갔다.

쐐애액!

그녀는 세 개의 구름층을 뚫고 올랐다가 급히 멈추었다.

그녀의 목적은 도주가 아니라 성신광조가 도달하기를 기다리는 것이다.

성신광조가 와서 여기에 있는 네 명을 다 죽여 버리면 더 이상 훼방을 놓는 놈들은 없을 것이다.

후우우…….

성신광조 백 명이 구름층에 도달하고 있는 귀에 익은 파공음이 들리자 화라연의 입가에 저절로 미소가 매달렸다.

그때 그녀의 바로 등 뒤에서 나직한 목소리가 들렸다.

"할머니, 혼자 있기 외롭지 않아?"

"……!"

그것이 죽었거나 중상을 입었을 것이라고 믿었던 진천룡의 목소리라서 화라연은 온몸에 소름이 쫙 끼쳤다.

화라연은 도망치기보다는 진천룡이 있을 것이라고 짐작되는 방향을 향해 오극성궁력의 천지극을 뿜어냈다.

큐우웃!

그와 동시에 이형환위(以形換位) 수법으로 번쩍! 그 자리에서 벗어났다.

그런데 이번에도 그녀의 귓등에서 진천룡의 목소리가 들리는 것이 아닌가.

"할머니, 바빠?"

"허엇!"

스스로 천하제일인이라고 자부하는 화라연이지만 상황이 이쯤 되자 자신도 모르게 헛바람 들이켜는 소리가 터져 나왔다.

혼비백산한 화라연은 이번에도 천지극을 냅다 발출하는 것과 동시에 이형환위 수법으로 삽시간에 이십여 장이나 멀찍이 벗어났다.

콰우웃!

화라연은 시커먼 먹구름 속에 숨어서 콩콩 뛰는 가슴을 간신히 억제하며 눈동자를 이리저리 굴렸다.

'천룡 이 자식, 어디에 있는 거지?'

"그렇게 갑자기 때리면 아프잖아."

"흐액?"

이번에도 바로 등 뒤에서 진천룡의 목소리가 들리자 화라연은 심장이 목구멍 밖으로 튀어나올 것처럼 놀라서 바보 같은 비명을 지르기까지 했다.

쿠아앗!

슈우웃!

그녀는 이번에도 천지극을 발출하는 것과 동시에 이형환위 수법으로 아예 오십여 장 밖으로 순식간에 물러났다.

'허억… 헉헉헉……!'

그녀는 허공에서 천천히 하강하며 재빨리 주위를 두리번거렸지만 아무도 보이지 않았다.

그녀가 하강하고 있는 곳에는 하나의 섬이 있었다. 둘레가 백여 장 정도의 작은 섬인데 나무 몇 그루와 풀이 무성하게 자라 있었다.

저 멀리 강에서 대명제국의 함대가 느릿하게 항해하고 있는 광경이 보일 뿐 주변에 사람은 아무도 없었다.

슷…….

화라연은 섬에 내려서면서도 경계를 늦추지 않고 연신 주위를 두리번거렸다.

'그 녀석이 멀쩡할 리가 없어. 죽지 않았더라도 폐인이 되어 누워 있어야 마땅해.'

그녀는 자신의 천지극에 정통으로 적중되어 비명을 지르며 가랑잎처럼 날아가는 진천룡을 똑똑히 봤었다.

그래서 그런 그가 지금 그녀를 약 올리고 있다는 사실이 믿어지지 않았다.

머릿속에 복잡한 상태로 지상에 내려선 화라연은 고개를 가볍게 흔들고 몸을 추슬렀다.

'그 녀석 때문에 몸이 허해진 게로군.'

그녀가 막 함대 쪽으로 몸을 날리려는데 누구가의 잔잔한 목소리가 들렸다.

"벌써 가시게요?"

'옥군……'

화라연은 설옥군을 자신의 적수라고 여기지 않지만, 이런 곳에서 그녀의 목소리를 들으니까 등골이 쭈뼛했다.

설옥군의 목소리가 들렸다는 것은 이곳에 다른 사람도 있을 수 있다는 뜻이며, 아까 들었던 진천룡의 목소리도 환청이 아닐 것이라는 뜻이다.

"할머니, 우리 잠깐 얘기 좀 합시다."

이번에는 다른 방향에서 진천룡의 목소리가 들렸다.

'이것들이……'

화라연이 입술을 깨물면서 재빨리 주위를 둘러보자 근처 나무 뒤에서 다섯 사람이 천천히 모습을 드러냈다.

진천룡과 설옥군, 부옥령, 소정원, 종초홍인데 각자 다섯 방위에서 천천히 걸어왔다.

"네놈들……"

화라연은 주춤거리며 노한 표정을 떠올렸으나 포위되었기에 한 걸음도 움직이지 못했다.

진천룡을 비롯한 다섯 명은 그녀의 이 장 거리까지 다가와서 걸음을 멈추었다.

진천룡이 그녀를 보며 딱하다는 표정을 지으며 입을 열었다.

"우리 얘기 좀 합시다."

"나는 할 말이 없다."

화라연은 입술을 야무지게 다물었다.

그녀의 정면에 마주 보고 서 있는 진천룡은 안타까운 표정으로 말했다.

"내가 할머니를 죽일 수도 있었다는 것 알고 있잖소?"

아까 그는 화라연을 죽일 기회가 있었는데 그러지 않았다가 외려 급습을 당했었다.

화라연은 영원히 입을 열지 않겠다는 듯이 입술을 단단히 오므렸다.

그러면서 그녀는 내심 성신광조가 이곳에 나타나기만을 기다렸다.

진천룡 옆에 서 있는 설옥군은 쓸쓸한 표정을 지을 뿐 아무 말도 하지 않았다.

"구파일방도 할머니 편이 아니오. 그들이 강북무림의 방파와 문파들을 설득한다고 했으니까 이제 더 이상 할머니 편은 없다는 말이오."

화라연은 눈썹을 치떴다. 무언가 반박을 하고 싶지만 입을 열지 않겠다는 뜻이다.

진천룡은 고개를 절레절레 가로저었다.

"이것 보시오, 할머니, 성신도하고 황군만으로 천하를 제패할 수 있을 것 같소?"

"……."

"전쟁을 일으켰다가는 무고한 생명만 수십만 명 죽게 할 뿐이오. 어째서 그걸 모르시오?"

입술을 오물거리던 화라연은 씹어뱉듯이 중얼거렸다.

"네놈은 모른다. 천하사대비역이……."

"무극애와 호천궁, 창파영은 다 내 편이 되었소."

"……"

"아직도 소식을 듣지 못했소?"

화라연의 두 눈에 의아한 기색이 살짝 떠올랐다.

진천룡은 두 팔을 뻗어 소정원과 종초홍을 가리켰다.

"이들은 창파영주와 호천궁의 소궁주요."

"뭐어……"

화라연은 어이없는 표정을 지었다가 소정원을 쳐다보며 눈살을 찌푸렸다.

"네가 원이냐?"

소정원은 차가운 표정을 지었다.

"그래요, 연 파파."

'연 파파'는 예전에 소정원이 화라연을 부르던 칭호다.

화라연은 매섭게 소정원을 쏘아보았다.

"흥! 반로환동을 하였더냐?"

第二百二十一章

붕정만리(鵬程萬里)

　화라연은 소정원이 올해 사십오 세라는 사실을 잘 알고 있어서 그녀가 십칠 세 어린 소녀의 용모가 된 것을 보고 그렇게 짐작한 것이다.

　소정원은 화라연을 주시하며 냉랭하게 말했다.

　"이젠 당신과 일대일로 싸워도 패하지 않아요. 못 믿겠으면 시험해 봐도 좋아요."

　지금 이런 상황만 아니었으면 화라연은 소정원과 일대일로 싸워서 그녀를 혼내주었을 것이다.

　물론 화라연은 소정원과 일대일로 싸워도 자신이 백전백승할 것이라고 확신했다.

화라연은 가소로운 표정을 지었다.

"네가 무슨 기연을 얻은 모양이구나."

소정원은 정이 듬뿍 담긴 눈빛으로 진천룡을 바라보면서 말했다.

"주인님께서 임독양맥 소통과 벌모세수, 환골탈태까지 모두 해주셨지요."

화라연은 흠칫하는 표정으로 진천룡을 쳐다보았다. 그녀의 표정이 정말이냐고 묻고 있었다.

진천룡은 엷은 미소를 지으며 가볍게 고개만 끄떡였다.

그러자 입이 간지러운 종초홍이 참지 못하고 종알거렸다.

"주인님께서 나도 임독양맥 소통과 벌모세수, 환골탈태를 해주셨어요. 그러니까 나도 당신과 일대일로 싸워서 패하지 않을 거예요."

화라연의 시선이 설옥군과 부옥령에게 향했다.

설옥군과 부옥령이 아무 말도 하지 않았으나 화라연은 진천룡이 그녀들도 임독양맥 소통과 벌모세수, 환골탈태를 해주었을 것이라고 짐작했다.

소정원과 종초홍을 해주면서 그녀들을 해주지 않을 리가 없기 때문이다.

화라연은 부옥령이 십칠팔 세 정도의 절세미소녀가 된 이유를 이제야 알게 되었다.

진천룡은 아까 하던 말을 계속했다.

"할머니는 천하를 제패할 수 없소. 그만 포기하시오."

"그럴 수 없다."

"구파일방도 할머니에게서 등을 돌렸으며, 그들이 강북무림의 방파와 문파들을 회유할 것이오."

"뭐라……?"

화라연으로서는 들으면 들을수록 기가 막힌 내용이다.

진천룡은 근엄한 얼굴로 말했다.

"포기한다고 말하시오. 그러지 않으면 여기에서 살아 나가지 못할 것이오."

"인석아, 너는 너무 건방지구나. 내가 그리 호락호락할 것 같으냐?"

"현실이 이런데 어쩔 셈이오? 할머니가 여길 나가려면 우리 다섯 명을 쓰러뜨려야 할 것이오."

"간단하군."

화라연이 빙긋이 미소 짓자 진천룡을 비롯한 여자들은 의아한 표정을 지었다.

화라연은 고개를 젖히고 명랑한 웃음을 터뜨렸다.

"하하하하! 내가 여기에 혼자 온 것 같으냐?"

진천룡과 네 여자는 흠칫하며 급히 주위를 둘러보았지만 아무도 보이지 않았다.

그때 진천룡은 머리 위 높은 곳에서 흐릿한 기척을 감지하고 급히 올려다보았다.

스우우…….

그리고 꽤 많은 고수들이 구름을 뚫고 하강하고 있는 것을 발견했다.

그들은 바로 성신광조로 화라연이 어딜 가더라도 따라올 수 이 있게끔 연결 고리를 가진 절정고수들이다.

'이런……'

진천룡은 화라연을 이곳으로 유인해서 제압하려고 했는데 외려 그들이 역으로 함정에 빠지고 말았다.

진천룡은 그 즉시 결단을 내리고 모두에게 전음을 보냈다.

[각자 흩어져서 탈출했다가 강가에서 만나자!]

그의 말이 끝나자마자 그를 비롯한 네 명의 여자는 제각기 등 뒤 방향으로 쏜살같이 쏘아갔다.

구우웅…….

"우웃!"

"앗!"

그러나 진천룡과 네 명의 여자는 보이지 않는 두꺼운 벽에 세차게 부딪혀서 튕겨져 섬을 향해 날아왔다.

[쇄벽이에요.]

설옥군이 급히 전음을 했다.

천군성의 천군칠천이 전개했던 쇄벽을 화라연이 키운 성신광조가 펼친다고 해서 이상할 건 없다.

그런데 진천룡 등이 경험한 적 있는 쇄벽하고 이번의 쇄벽은 뭔가 달랐다.

성신광조가 보이지 않는데 무형의 벽이 섬 주위에 둘러쳐져 있었던 것이다.

스으응…….

그때 위에서 성신광조 백 명이 섬을 포위한 형태로 하강하여 수면 위에 멈췄다.

그들은 맨 아래에 사십 명이 일 층을 이루고, 그다음 이십오 명이 이 층을, 십오 명이 삼 층, 열 명이 사 층, 그리고 마지막 열 명이 쇄벽의 꼭대기 정점을 이루고 있다.

하지만 이들은 아래쪽 사람의 어깨를 딛고 있는 것이 아니라 그냥 허공에 떠 있었다.

진천룡은 심상치 않음을 직감하고 즉시 영웅문 남경지부를 향해 천리전음을 발출했다.

[옥소야! 지금 즉시 호위대를 이끌고 이곳으로 와라!]

옥소가 어디에 있는지 정확하게 모르기 때문에 대충 영웅문 남경지부가 있는 방향으로 천리전음을 보냈다.

그곳에 있는 모든 사람들이 천리전음을 다 들을 테지만 그들 중엔 옥소도 끼어 있을 것이다.

상황이 완전히 바뀌자 화라연은 득의한 얼굴에 미소를 지으며 말했다.

"천룡아, 일이 이런 상황이 되었으니 이제는 네가 굴복을 해야겠구나."

진천룡은 대수롭지 않게 대꾸했다.

"길고 짧은 건 대봐야 아오."

화라연은 일이 이렇게 된 것이 아주 잘됐다고 생각했다.

어쨌든 진천룡을 비롯하여 여기에 있는 다섯 명만 죽이고 나면 나머지를 처리하는 것은 간단한 일이다.

화라연은 진천룡의 재롱을 더 봐주고 싶지 않아 손끝을 까딱했다.

"쳐라."

촤아앙!

그 순간 쇠로 만든 어마어마한 종을 힘껏 때린 듯한 굉음과 함께 성신광조 백 명이 일제히 검을 뽑았다.

진천룡은 네 여자에게 재빨리 전음했다.

[나한테 모여!]

화라연과 성신광조가 어떤 작전으로 나올지 모르지만 똘똘 뭉쳐 있는 편이 나을 것 같았다.

성신광조의 공격이 시작되기 전에 설옥군을 비롯한 네 여자가 재빨리 진천룡에게 모였다.

그 순간 성신광조의 공격이 시작됐다.

꽤애액!

성신광조 백 명 중에서 절반인 오십 명이 허공과 사방에서 진천룡과 네 여자를 향해 공격을 전개했고, 나머지 절반은 여전히 쇄벽을 형성하고 있었다.

그런데 성신광조 오십 명이 그냥 공격하는 것이 아니라 뜻밖에도 검진(劍陣)을 전개하고 있다.

쿠와아아앙!

더구나 한쪽 방향이 아니라 이십오 명이 좌우 두 방향으로 회전하고 있다.

아니, 그게 아니라 좌우와 상하 네 방향이다. 좌로 돌면서 검을 찌르고, 우로 돌며 검을 베는가 하면, 위로 솟구치며 검 끝을 털고, 아래로 내리꽂히며 검풍의 와류를 만들었다.

'이건 도대체가……'

진천룡은 절대로 빠져나갈 수도 없으며 방어나 반격을 하려고 해도 어느 곳을 어떻게 해야 할지 대책이 서지 않는 상황에 망연자실하여 서 있기만 했다.

화라연은 성신광조를 극비에 키웠기에 설옥군도 존재 자체을 모르고 있었다.

그래서 성신광조의 쇄벽이나 검진을 어떻게 파훼해야 하는지 알지 못했다.

성신광조 오십 명이 검진을 전개하여 무시무시하게 공격해오고 있는 그 짧은 순간에 설옥군은 눈도 깜빡이지 않고 그들을 날카롭게 주시하며 분석했다.

진천룡과 부옥령은 설옥군에게서 뭔가 해답이 나올 것이라 믿고 기다렸다.

콰아우우웅!

오십 명이 전개하는 검진이 여러 개의 검벽(劍壁)을 형성한 채 지척까지 쇄도했을 때 설옥군이 전음으로 빠르게 외쳤다.

[소북두은한진법을 전개해요! 소정원은 내가 맡고, 종초홍은 천룡이 맡아요!]

설옥군은 진법의 대가다. 그녀는 천 년에 한 명 나올까 말까 할 정도의 천재이며 특히 진법에서 그녀를 따를 인물은 없을 것이다.

예전에 설옥군은 진천룡에게 북두은한진법을 자세히 가르쳐 준 적이 있었다.

북두은한진법은 지상에서 십 장 높이에서 전개하는 최상승의 진법이다.

말하자면 지상에서 십 장 높이에 최소한 열 호흡 이상 정지한 상태에서 머무를 능력이 있어야지만 북두은한진법의 일원으로 참가할 수 있는 것이다.

또한 북두은한진법은 원래 십팔 명이 전개하는 것인데 설옥군이 방금 즉흥적으로 다섯 명이 전개할 수 있도록 진법을 살짝 변형시켰다.

설옥군은 전음으로 재빨리 진천룡과 부옥령에게 지시했다.

[상승해요! 나와 천룡, 옥령이 측은한(側銀漢)이 되고 소정원은 상은한(上銀漢), 종초홍은 하은한(下銀漢)이 되어 공수를 담당해요!]

그녀의 말이 끝나기도 전에 다섯 명은 일사불란하게 자신의 위치를 잡으면서 두 손을 뻗어 강기를 만들어 공격과 방어를 동시에 했다.

쩌러러러렁!

다음 순간 성신광조 오십 명이 전개한 검진과 진천룡들 다섯 명이 전개한 소북두은한진법이 격돌하며 마치 거대한 쇠와 쇠가 맞부딪치는 듯한 굉음을 터뜨렸다.

진천룡 쪽의 진법은 크게 진동했지만 깨지지 않았으며, 성신광조의 진법은 진동조차 없었다.

그때 방금 공격했던 성신광조 오십 명이 두 번째 검진 공격을 시작했다.

콰아아웅!

그들이 오십 자루의 검을 찌르고 베고 휘두르자 허공이 자지러지는 비명을 질러댔다.

[다시 상승해요!]

검진의 위쪽이 그나마 약하다는 사실을 간파한 설옥군이 급히 외쳤다.

[나와 천룡은 좌로! 나머지는 우로 회전하면서 적의 감(坎)과 태(兌)를 공격해요!]

쉬리리링!

다섯 명이 전개하는 소북두은한진법이 전개되면서 느린 듯 빠르게 위로 상승했다.

그런데 바로 그때 진천룡은 화라연이 몸을 날려 쏘아오고 있는 것을 발견하고 흠칫했다.

그는 다급히 전음을 했다.

[내가 할망구를 막을 테니 령아가 감을 공격해라!]

[알았어요!]

투웃…….

진천룡은 소북두은한진법에서 벗어나 홀로 화라연을 향해 마주 부딪쳐 갔다.

그가 잠시 없어도 소북두은한진법이 쉽게 깨지는 않을 것이라고 판단한 것이다.

진천룡은 화라연을 향해 쏘아가며 그동안 오랫동안 사용하지 않았던 순정강기를 한껏 끌어올렸다.

화라연은 두 손을 무언가를 움켜잡는 것처럼 마주 보게 했다가 돌연 앞으로 뻗었다. 그러자 눈부신 백광이 부챗살처럼 찬란하게 뿜어졌다.

그 순간 진천룡은 어금니를 악물었다. 모험을 시도하려는 것이다.

쉬이잉!

그의 양손에서 희뿌연 기운 즉, 순정강기가 화라연의 백광과 격돌할 것처럼 마주쳐 나갔다.

화라연의 백광은 오극성궁력의 천극(天極)이다. 일 장 두께 무쇠도 관통하는 무지막지한 힘을 지녔다.

쉬이잇!

그런데 천극과 격돌할 것처럼 쏘아가던 두 줄기 순정강기가 천극의 백광 옆을 그냥 비껴서 스쳐 지나갔다.

'이놈!'

그걸 보고 화라연은 움찔하여 진천룡이 무슨 수작을 부리는 것이라고 판단했다.

하지만 화라연은 천극을 회수하지 못했다. 거리가 워낙 가까워서 그럴 겨를이 없기 때문이다.

사실 진천룡은 순정강기와 천극이 격돌해서는 아무런 소득이 없다고 판단했다.

그래서 자신이 앙가슴으로 천극을 고스란히 맞고 그 대신에 순정강기로 화라연의 양 측면을 파고들자는 작전을 쓴 것이다.

꽝!

"허윽!"

천극의 백광이 진천룡의 가슴을 정통으로 때리는 순간 두 줄기 순정강기가 화라연의 양쪽 옆구리와 겨드랑이를 날카롭게 파고들었다.

퍼퍼어억!

"윽……!"

화라연은 호신강기로 몸을 보호하고 있었으나 순정강기는 호신강기를 뚫고 그녀의 옆구리 속으로 한 뼘, 겨드랑이로 두 치쯤 파고들었다.

"으헉……."

진천룡은 뒤로 쏜살같이 튕겨 날아가고, 화라연은 지상에 내려서 비틀거리며 뒤로 물러섰다.

탁!

"천룡!"

설옥군이 급히 날아오는 진천룡을 두 손으로 안았다.

그 바람에 그나마 겨우 유지되던 소북두은한진법이 여지없이 깨졌다.

*   *   *

쿠와아앗!

성신광조 오십 명의 검진 공격이 진천룡 일행에게 무시무시하게 쏟아졌다.

부옥령이 급히 외쳤다.

"모두 호신강기를 펼쳐요!"

그녀의 말에 진천룡을 제외한 네 명이 재빨리 호신강기를 일으켰다.

꽈꽈꽝!

오십 자루 검의 공격이 호신강기를 세차게 강타하면서 폭음이 터졌다.

호신강기가 하나의 큰 덩어리가 되어 마구 진동했다.

다행스러운 것은 오십 자루 검이 한 군데가 아닌 오십 군데를 제각각 공격했기 때문에 호신강기를 파훼하지 못했다는 사실이다. 힘이 분산된 것이다.

만약 오십 자루 검이 호신강기의 한 곳을 집중적으로 공격했다면 파훼됐을지도 모른다.

호신강기 안에 있는 다섯 사람의 몸이 크게 진동하고 내장이 심하게 떨렸으나 그것 때문에 내상을 입지는 않았다.

진천룡은 화라연의 공격을 가슴에 정통으로 적중당하고 혼절해 버렸다.

그렇지만 그는 최소 열 호흡만 지나면 체내의 순정기가 스스로 말끔하게 치료를 하여 아무 일 없었다는 듯이 깨어나게 될 것이다.

문제는 열 호흡 동안 네 여자의 호신강기가 깨지지 말고 잘 버텨줘야 한다는 사실이다.

화라연은 한쪽 옆구리와 반대쪽 겨드랑이에 상처를 입은 채 뒤로 물러났다.

중상은 아니지만 그렇다고 가볍지도 않은 것 같아서 그냥 내버려 두긴 애매했다.

그러나 무엇보다도 그녀를 놀라게 한 것은 진천룡이 조금 전에 보여준 어리석기까지 한 행동이었다.

진천룡은 화라연의 공격을 고스란히 맨가슴으로 받아내면서 그녀의 측면을 공격했었다.

그것은 자신의 생사를 도외시한 채 어떻게 해서라도 화라연을 죽이겠다는 절절한 각오가 아니겠는가.

'저 녀석이 그 정도로 날 죽이고 싶어 한다는 말인가?'

화라연은 진천룡이 설옥군 품에 안긴 채 축 늘어져 있는 모습을 지켜보았다.

그는 코와 입에서 피를 심하게 흘리고 있어 누가 봐도 영락없이 죽거나 심한 내상을 입은 것 같았다.

'미련한 놈이로군.'

화라연은 진천룡이 그렇게까지 자신을 죽이고 싶어 한다는 사실·때문에 마음이 답답했다.

화라연은 상황을 잠시 지켜보았다. 성신광조 백 명이 두 개의 조로 나누어 쇄벽과 강공을 전개하고 있었다.

그런데 오십 명이 적이 펼친 호신강기의 각기 다른 곳들을 공격하고 있다.

저런 식으로 공격해서는 평생 가봐야 호신강기를 파훼할 수가 없을 것이다.

다섯 명 중에 진천룡이 죽었거나 중상을 입었으므로 화라연으로서는 남은 네 명의 계집애들은 두려울 게 없다.

화라연은 네 여자를 잠시 성신광조에게 맡겨놓고 자신의 상처를 살펴보기로 했다.

그녀는 선 자세에서 잠시 운공을 하여 상처가 어느 정도인지 살펴보다가 움찔 놀랐다.

'이게 뭐지?'

잠시 후에 화라연은 미간을 찌푸리며 내심 중얼거렸다.

그녀는 왼쪽 옆구리를 뚫고 들어온 그 무엇인가가 창자에 상처를 입혔으며 그곳에 똬리를 튼 채 꿈틀거리며 남아 있는 것을 감지했다.

또한 오른쪽 겨드랑이를 뚫고 들어온 괴이한 기운은 갈비뼈를 절반쯤 부러뜨렸다.

그런데 문제는 그게 아니라 부러진 갈비뼈 속에 그 기운이 듬뿍 묻어 있는 것이 생생하게 느껴진다는 것이었다.

화라연은 운공으로 그 기운을 배출하려고 했으나 뜻대로 되지 않았다.

"……!"

아니, 그 기운이 오히려 반발하더니 주위를 마구 공격하기 시작했다.

'이게 도대체……'

화라연은 충격받은 얼굴로 진천룡을 쳐다보았다. 이제 보니 진천룡은 화라연의 체내에 괴이한 이것을 주입하려고 그녀의 공격을 맨가슴으로 얻어맞았던 것이다.

그때 화라연이 쳐다보고 있는 중에 설옥군 품에 안겨서 축 늘어져 있던 진천룡이 눈을 뜨는가 싶더니 벌떡 일어나는 것이 아닌가.

'저놈……!'

어찌 된 영문인지는 모르겠지만 진천룡은 그다지 심하게 다친 것 같지 않았다.

'교활한 놈……!'

화라연은 자신도 모르게 이끌리듯이 진천룡을 향해 몇 걸음 나아가다가 멈추었다.

왼쪽 옆구리와 오른쪽 겨드랑이 안쪽에서 그 괴이한 기운이 꼬물거렸다.

화라연의 눈에 불꽃이 확 일어났다.

'이놈! 내가 네 뜻대로 될 줄 아느냐?'

그녀는 공력으로 체내의 두 개의 기운을 꼼짝도 못 하게 봉쇄해 버렸다.

그녀는 진천룡을 무섭게 쏘아보았다.

'저놈은 필경 중상을 입고서도 아무렇지도 않은 척 허세를 부리고 있는 게야.'

아까 그녀는 팔 성의 공력을 실어 천극을 발출했었다. 그리고 진천룡은 그 공격에 고스란히 적중됐다.

그러므로 절대로 아무렇지 않을 수가 없는 것이다. 쓰러져 있어야 하는데 버젓이 일어났으니 그 고통이 이루 말할 수 없을 터이다.

슈웃!

화라연은 번쩍 몸을 날려서 성신광조 속으로 섞여들었다.

그때 하늘에서 한 사람이 비조처럼 내리꽂히더니 역시 성신광조에 매우 자연스럽고 능숙하게 섞였다.

화라연의 최측근 두 명 중에 하나인 화백이다. 그는 성신광조에 섞여들어 화라연 옆을 그림자처럼 지켰다.

화라연은 성신광조 오십 명과 일체가 되어 움직이면서 그들에게 명령했다.

"모두 내가 공격하는 곳을 공격하라!"

화라연은 진천룡이 중상을 입었을 것이라고 확신하여 그를 향해 쏘아가며 예의 천극을 전력으로 발출했다.

쿠와아앗!

그 순간 화백을 비롯한 오십 명의 성신광조가 화라연이 공격하는 곳을 향해 일제히 검을 뻗어서 검강을 뿜어댔다.

쿠우우웅!

설옥군이 급히 전음으로 외쳤다.

[소북두은한진법을 진(辰)의 토(土)로 전개해요!]

진천룡과 설옥군, 부옥령은 북두은한진법에 대해서 환하게 꿰고 있으므로 진천룡이 종초홍을, 설옥군이 소정원의 손을 잡고 그녀들이 있어야 할 위치로 이끌어주었다.

천하제일 진법의 대가인 설옥군이 방금 말한 방위는 최고의 방어다.

콰우우우!

화라연을 비롯한 화백과 성신광조 오십 명의 합쳐진 공격은 진천룡을 맞히지 못하고 비껴갔다.

아니, 정확하게 설명하자면 맞히긴 했지만 어설프게 맞으면서 각도가 꺾였다. 그랬기에 진천룡은 조금도 충격을 받지 않았다.

화라연은 세 번의 공격이 모두 그런 식으로 비껴가자 날카롭게 설옥군을 쏘아보았다.

'군아 저것이……!'

이렇게 해서는 백번 공격해 봐야 아무 소용이 없다.

그때 화라연의 눈이 반짝 빛났다.

'소북두은한진법이로군!'

진법이라면 화라연도 타의 추종을 불허할 정도다. 설옥군에게 진법을 가르친 사람이 화라연이다.

그래서 화라연은 당연히 자신이 설옥군보다 진법 실력이 뛰어나다고 생각했다.

청출어람인 설옥군이 이미 더 뛰어나지만 화라연은 그 사실을 인정하지 않았다.

그렇다고 해도 설옥군의 뛰어남이 지금 상황을 뒤집을 정도는 아니다.

화라연과 성신광조 백 명의 공격이 너무도 막강했다.

시간이 흐르고 공격이 계속되자 진천룡 일행은 화라연과 화백을 비롯한 성신광조 오십 명의 집요한 공격에 조금씩 지쳐갔다.

쩌엉!

"아앗!"

"어흑!"

결국 그들은 제때 피하지 못해서 집중 공격을 호신강기에 정통으로 적중당했다.

진천룡과 설옥군, 부옥령은 기혈이 크게 격탕하여 목구멍을 타고 핏물이 솟구치는 것을 겨우 참았다.

그러나 그들보다 조금 약한 소정원과 종초홍은 안색이 해쓱해지면서 입에서 피를 왈칵 토했다.

화라연은 기회를 놓치지 않고 여세를 몰아서 방금 그 자리에 재차 강력한 공격을 퍼부었다.

소정원과 종초홍은 약간 비틀거리고 있어 한 번 더 공격을 당하면 호신강기가 파훼되고 말 것이다.

그렇게 되면 농담이 아니라 진천룡을 비롯한 다섯 명은 여기가 무덤이 될지도 모른다.

진천룡으로서는 최후의 결단을 내릴 수밖에 없는 상황이다.

[옥군! 내가 할망구를 상대하겠소!]

파아!

진천룡은 설옥군에게 전음을 하는 것과 동시에 호신강기를 뚫고 나가 화라연에게 곧장 쏘아갔다.

"안 돼요! 천룡!"

설옥군이 다급히 외쳤으나 진천룡은 이미 화라연에게 쇄도하면서 공격하고 있는 중이다.

진천룡은 오극성궁력을 공력 대신에 순정강기로 대체하여

전개했다.

부유웅!

기이한 음향이 울리면서 그의 쌍장에서 반투명한 백광이 번 갯불처럼 뿜어졌다.

화라연은 조금 어리둥절해졌다. 진천룡이 전개하는 초식이 오극성궁력 같은데 그의 쌍장에서 오색 운무가 아닌 백광이 뿜어져 나오고 있기 때문이었다.

오극성궁력의 천지양월성은 각각의 색을 지니고 있어서 어느 것을 전개하더라도 그 색의 운무가 뿜어져야 한다.

그런데 진천룡은 자세는 오극성궁력을 취하면서도 발출하는 공력은 전혀 다른 것이라서 도대체 무슨 수작을 부리는 것인지 종잡을 수가 없었다.

더구나 화라연이 더욱 놀란 이유는 중상을 입었을 진천룡이 그녀와 일대일로 싸우자면서 곧장 쏘아오며 공격하고 있기 때문이었다.

'저 녀석, 멀쩡하다는 말인가?'

그녀가 내심 적잖이 놀라고 있을 때 진천룡은 어느새 이 장 앞까지 쇄도해 있었다.

화라연은 매서운 눈빛을 흘렸다.

'이놈! 이번에는 아예 끝장을 내주마!'

화라연은 전 공력을 끌어올려 두 손에 각각 천극과 지극을 주입하여 즉시 화산처럼 뿜어냈다.

콰우웅!

천극과 지극을 한꺼번에 발출한 화라연은 그 순간 어떤 생각이 뇌리를 스쳤다.

'설마⋯⋯.'

아까 진천룡은 화라연과 정면 대결을 하지 않고 희뿌연 운무를 그녀의 옆구리와 겨드랑이에 적중시켰었다.

그가 화라연의 천극을 가슴팍에 정통으로 맞으면서까지 그것을 시도했다면 가볍게 봐 넘길 일이 아니다. 분명히 어떤 목적이 있을 것이다.

그런데 진천룡의 쌍장에서 뿜어지는 운무는 이번에도 희뿌연 반백광이다. 아까하고 똑같다.

그렇게 불길함을 느낀 화라연이었지만 어떻게 해볼 새도 없이 두 사람의 공격이 중간에서 격돌했다.

꽈꽝!

"으흑⋯⋯!"

"헉!"

이윽고 두 마디 신음이 터졌다. 진천룡과 화라연 둘 다 진득한 고통이 젖어 있는 신음을 흘렸다.

진천룡은 반탄력에 등을 새우처럼 구부린 채 뒤로 속절없이 날아갔다.

그리고 화라연은 왼쪽 옆구리를 불에 새빨갛게 달군 인두로 깊이 지진 것처럼 화끈한 고통을 느끼고 비틀거리면서 뒤로 물러섰다.

그 순간에 화라연은 깨달았다. 진천룡이 이번에도 그녀의 체내에 이상한 기운을 주입시켰다는 사실을 말이다.

그녀는 방금 전에 두 눈으로 똑똑히 목격했다. 진천룡은 오른손으로 그녀가 발출한 지극과 격돌하면서 왼손으로는 그녀의 옆구리를 공격했었다.

진천룡은 아까처럼 화라연의 공격을 맨가슴으로 막아낼 자신이 없었다. 이번에도 그랬다가는 즉사할지 모른다는 생각이 들었다.

그래서 한 손으로 화라연의 공격을 막아서 충격을 절반으로 줄이며 다른 손의 순정강기를 반월처럼 휘게 하여 그녀의 옆구리에 적중시켰다.

쿠다닥…….

진천룡은 땅에 떨어져서도 맹렬하게 굴러가다가 커다란 바위에 부딪치고 나서야 멈추었다.

설옥군 등은 화백을 비롯한 성신광조 오십 명의 공격을 받아내느라 진천룡을 도울 여력이 없었다.

하지만 그가 땅에 패대기쳐져서 형편없이 굴러가는 것을 발견한 설옥군과 부옥령은 미친 듯이 울부짖고 소리치며 그에게 쏘아갔다.

"천룡!"

"주인님!"

　　　　　＊　　　　　　＊　　　　　　＊

　종초홍과 소정원도 진천룡에게 쏘아갔으나 몸이 성치 않아서 설옥군과 부옥령보다 뒤처졌다.

　설옥군과 부옥령은 내상을 입은 종초홍과 소정원을 돌보면서 호신강기 속에 있었으나 진천룡이 다친 것을 보고는 가만히 있을 수가 없었다.

　네 여자는 자신의 안위는 돌보지 않고 모두 진천룡을 향해 전력으로 날아갔다.

　화라연은 우두커니 서 있었고, 그 모습에 화백이 그녀 곁에 급히 내려서며 물었다.

　"대도주, 괜찮으십니까?"

　"……."

　화라연은 아까 진천룡에게 당한 왼쪽 옆구리 똑같은 부위를 이번에 또 당했기 때문에 굳은 얼굴로 가만히 서 있었다. 화백의 물음에 대답할 정신이 없었다.

　'이게 도대체 뭔가…….'

　그녀는 진천룡이 자신을 희생하면서까지 두 번씩이나 이런 짓을 한 저의가 궁금해서 미칠 것만 같았다.

　화백은 화라연의 안색이 몹시 좋지 않음을 보고 조심스럽게 물었다.

"다치셨습니까?"

"어서 저것들을 죽여라!"

화라연은 화백의 물음에는 대답하지 않고 진천룡과 설옥군 등을 가리키며 날카롭게 외쳤다.

이번에는 진천룡이 다친 것이 분명했고, 그를 구하겠다고 네 계집이 호신강기를 버린 채 비명을 지르면서 달려갔으니, 이럴 때 맹공을 가하면 쉽게 다 죽일 수 있을 것이다.

화라연 자신은 이대로 선 채 잠시 동안 운공을 하고 나면 좋아질 것이다.

그다음에 화백과 성신광조가 제압해 놓은 진천룡 일행을 화라연이 직접 처리하면 될 것이다.

"으음……"

그런데 조금 전에 진천룡에게 적중당한 왼쪽 옆구리가 너무 아파서 화라연은 자신도 모르게 신음을 토해냈다.

그뿐만 아니라 너무 아픈 나머지 손바닥으로 상처를 지그시 누르고 있다는 사실을 본인은 미처 깨닫지 못하고 있었다.

문득 손을 떼보니까 희한하게도 손바닥엔 피가 한 방울도 묻지 않았다.

그런데도 왼쪽 옆구리 깊숙한 곳이 배배 꼬이는 것처럼 몹시 아팠다.

화라연은 고개를 옆으로 꼬고 상체를 비틀어서 옆구리의 상처를 살펴보았다.

"아……."

그녀의 눈이 커졌다. 옆구리에 주먹이 들어갈 정도의 커다란 구멍이 뻥 뚫려 있었다.

잠시의 운공만으로 말끔하게 치료될 것이라던 생각이 씻은 듯이 사라졌다.

'이게 도대체…….'

그녀는 진천룡이 오극성궁력을 전개한 것이 아니라는 사실을 깨달았다.

또한 어쩌면 이 상처 때문에 자신이 심각한 위기에 처할지도 모른다는 생각이 들었다.

화라연은 진천룡을 쏘아보았다. 일단 저놈을 잡아야지만 이 일이 해결될 것이다.

설옥군과 부옥령, 종초홍, 소정원이 진천룡 주위에 모여 있었고 성신광조 오십 명은 그들에게 공격을 퍼붓고 있었다.

진천룡은 성신광조가 공격해 오는 것을 여자들 어깨 너머로 보면서 입에서 쿨럭쿨럭 피를 토했다.

"호신강기 펼쳐……."

여자들은 어떤 상황인지 깨닫고 즉각 호신강기를 전개했다.

쫘드등!

네 여자가 좁은 공간에 모여서 펼친 호신강기가 여러 겹을 이룬 덕분에 성신광조 오십 명의 합공에도 끄떡없었다.

진천룡은 바닥에 누워 있으며 네 여자가 서로 어깨동무를 하며 호신강기를 펼친 모습이다.

부옥령이 초조한 얼굴로 물었다.

"아직 멀었어요?"

진천룡은 코와 입에 피가 더덕더덕 묻은 모습으로 빙그레 미소를 지었다.

"다 나아간다. 조금만 기다려라."

그렇게 진천룡 일행이 버티는 사이 화라연은 자신의 뜻과는 달리 온몸에 힘이 빠지고 다리가 후들거려서 그 자리에 무너지듯 주저앉았다.

쿵!

"으윽……!"

"대도주!"

화백은 크게 놀라 그녀를 부축하려고 했다.

"으으… 건들지 마라……."

화백의 손이 몸에 닿으니까 화라연은 부서질 것처럼 고통스러운 것을 느끼고 신음을 흘렸다.

그녀는 손바닥으로 땅을 짚고 비 오듯이 땀을 흘렸다.

'이… 이게 도대체 뭐지?'

무림이나 무공에 대해서 박학다식한 그녀지만 이런 것이 있다는 말은 들어본 적도 없었다.

그녀의 체내에서 뜨겁게 달군 인두 두 개가 여기저기를 마구 헤집고 돌아다니는 것 같았다.

"어… 어서 저놈을 잡아 와라… 어서……."

"진천룡 말입니까?"

"그래… 성신광조 전원이 공격하라고 해라……."

"알겠습니다."

화백이 즉시 손을 들어 신호를 보내자 쇄벽을 형성하고 있는 성신광조 오십 명도 공격에 합세했다.

그들은 한꺼번에 공격하지 않고 지상과 허공에 흩어진 상태에서 설옥군 등 네 여자가 형성한 호신강기의 두 군데를 향해 집중적으로 검강을 뿜어댔다.

꽈우웅! 꽈다당!

"으음……."

"흐윽……."

호신강기가 깨질 것처럼 격렬하게 진동하면서 네 여자가 신음을 흘렸다.

설옥군과 부옥령의 코에서 피가 흐르고, 종초홍과 소정원은 안색이 백지장처럼 새하얘져서 눈과 귀, 코, 입에서 피를 마구 흘렸다.

성신광조 백 명의 합공에 호신강기가 깨질 듯이 진동하며 가볍지 않은 내상을 입은 것이다.

"천룡!"

"주인님!"

설옥군과 부옥령은 날카롭게 비명을 질렀다.

누워 있는 진천룡의 몸이 크게 진동하고 있었기 때문이었다.

진천룡이 누워서 순정기로 스스로를 치료를 하고 있는 중에 공격을 받아 외부의 공기가 크게 진동했기 때문에 그도 영향을 받은 것이다.

화백은 화라연이 가부좌 자세로 운공조식을 하는 모습을 보고는 성신광조에게 다시 공격하라고 신호를 보냈다.

콰아아아!

성신광조 백 명이 지상과 허공에서 회전을 하며 재차 공격하기 시작했다.

설옥군은 세 여자와의 어깨동무를 더욱 강하게 만들면서 급히 외쳤다.

"더 강력한 호신강기가 필요해요!"

후우우웅…….

네 여자는 온몸의 공력을 바닥까지 끌어올려 호신강기를 일으켰다.

백 명의 검강이 이번에도 호신강기의 두 군데를 향해 번갯불보다 몇 배 강력한 위력으로 격돌했다.

꽈아아아앙! 꽈꽈앙!

백 명의 절정고수들이 발출한 두 줄기 검강은 호신강기를 여지없이 박살 내버렸다.

"아악!"

"으아악!"

네 여자는 처절한 비명을 지르면서 지푸라기처럼 풀풀 멀리 날아갔다.

날아가면서도 설옥군은 진천룡을 두 팔로 힘껏 부둥켜안는 것을 잊지 않았다.

부옥령은 그런 설옥군과 진천룡을 함께 끌어안고 날아갔다가 자갈밭에 모질게 패대기쳐졌다.

콰가가각!

"으으윽……!"

"아흑……!"

공격을 당한 곳이 두 군데라 그들은 둘로 쪼개져 설옥군과 부옥령이 한쪽 방향으로, 그리고 그 반대 방향으로 종초홍과 소정원이 날아가다가 나뒹굴었다.

설옥군과 부옥령은 상당한 내상을 입었으나 밀려가던 몸이 멈추자마자 급히 진천룡을 살펴보았다.

"천룡!"

"주인님!"

"나는… 괜찮아……."

진천룡은 아까보다 더욱 창백한 얼굴로 코와 입에서 피를 흘리면서도 미소를 지으려고 애썼다.

그가 치료를 하고 있는 동안에는 무방비 상태다. 그러므로 조금 전 두 번의 공격에 기혈이 크게 뒤틀려서 더 이상 순정기

치료를 이어가지 못하는 상황이다.

"음… 어찌 되었느냐?"

"끌고 오겠습니다."

방금 운공을 끝낸 화라연이 묻자 화백이 몸을 일으키면서 대답했다.

화백은 진천룡에게 쏘아가면서 성신광조에게 명령했다.

"공격하라!"

그는 이번 세 번째 공격에 진천룡 등이 일패도지할 것이라고 믿었다.

그래서 그가 직접 날아가서 중상을 입은 진천룡을 제압하여 화라연에게 끌고 가려는 것이다.

성신광조 백 명은 반대쪽 땅에 쓰러져 있는 종초홍과 소정원은 거들떠보지도 않고 진천룡 일행에게 쏘아가며 마지막 공격을 퍼부을 태세를 갖추었다.

설옥군이 자신과 부옥령 사이에 진천룡을 눕혀두고 비장한 표정으로 중얼거렸다.

"무슨 수를 써서라도 천룡을 보호해야만 해요."

"알겠습니다."

설옥군은 부옥령을 보며 희미한 미소를 지었다.

"좌호법은 날 찾아서 영웅문까지 오다니 대단해요."

부옥령은 움찔 놀랐다가 쓸쓸한 미소를 지었다.

"죄송합니다."

산서성 태악산 겨울 별장에서 온천욕을 하던 설옥군이 갑자기 사라지는 바람에 천군성 좌호법 부옥령은 그녀를 찾아서 천하를 헤맸었다.

그랬다가 마침내 항주 영웅문에서 기억을 잃은 설옥군을 발견하게 되어 무슨 수를 써서라도 그녀 곁에 머물려고 진천룡의 여종을 자처했었다.

그랬는데 세월이 흐르다 보니까 부옥령은 진천룡을 목숨보다 사랑하게 되었고, 그래서 방금 그것에 대해서 설옥군에게 사과한 것이다.

그때 천둥 같은 외침이 허공에서 터졌다.

"하늘에선 날개를 짝지어 날아가는 비익조가 되길 원했으며(上天願作比翼鳥)~!"

진천룡은 번쩍 눈을 뜨고 환한 웃음을 지으며 하늘을 바라보았다.

"하하하! 왔구나, 너희들!"

하늘에서 들려오는 것은 노랫소리이며 당나라의 시선(詩仙)인 백거이(白居易)의 장한가(長恨歌)라는 시다.

장한가는 진천룡과 측근들이 술을 마실 때 탁자를 두드리거나 어깨동무를 하고 목에 핏대를 세운 채 고래고래 악쓰며 부르던 노래였다.

갑자기 하늘이 환하게 열리는 듯하더니 흰 백의를 입은 사람 수백 명이 마치 백학처럼 훨훨 하강하고 있었다.

성신광조는 공격을 멈추고 놀란 얼굴로 그들을 쳐다보았고, 화백은 물론 화라연조차 멍하니 그들을 바라보았다.

진천룡은 설옥군과 부옥령의 부축을 받으면서 일어나 하강하는 무리 즉, 훈용강과 청랑, 은조, 옥소를 비롯한 영웅장로들과 영웅호위대를 올려다보며 목청껏 합창을 했다.

"땅에선 두 뿌리 한 나무로 엉긴 연리지가 되기를 원했노라(在地願爲連理枝)—!"

진천룡은 어깨를 흔들면서 호탕하게 웃었다.

"하하하하! 늦었구나!"

훈용강과 옥소가 쩌렁하게 외쳤다.

"인정사정 두지 말고 공격하라!"

"모조리 죽여라!"

영웅문의 최정예고수들은 하늘에 천라지망을 친 상태에서 지상으로 내리꽂혔다.

쏴아아앗!

*   *   *

반시진이 걸리지 않아서 성신광조 백 명은 모두 죽었다.

영웅고수들은 손속에 인정을 두지 않았고, 진천룡은 치료를 하느라 그 사실을 몰랐다.

화백마저 죽이려는 것을 설옥군이 제지를 해서 겨우 목숨을 건졌다.

화라연은 끝내 체내에 있는 괴이한 물체를 배출하지 못하고 땅바닥에 가부좌로 앉아 있고 그 옆에 화백이 장승처럼 우뚝 서 있다.

화라연 앞에는 진천룡과 설옥군, 부옥령 등 최측근들과 그 뒤에는 영웅호위대를 위시한 영웅고수들이 즐비하게 늘어서 있는 광경이다.

화라연은 처연한 표정으로 진천룡을 쳐다보았다.

"어서 죽여라."

"죽이지 않겠소."

진천룡의 말에 화라연은 가시가 돋친 듯한 목소리로 외쳤다.

"무슨 뜻이냐?"

진천룡은 옆에 있는 설옥군의 어깨를 팔로 감싸면서 빙그레 웃었다.

"마누라의 할머니를 죽일 수는 없소."

'마누라⋯⋯.'

화라연의 얼굴이 일그러졌다.

"그 대신."

진천룡은 화라연을 향해 손을 뻗었다.

"할머니는 영웅문에서 농사나 지으시오."

츠으웃⋯⋯.

화라연의 왼쪽 옆구리와 오른쪽 겨드랑이에서 희뿌연 반백색의 기운이 푹! 하고 뿜어졌다가 진천룡의 손으로 회수됐다.

　진천룡은 손바닥 위에서 회수한 순정기로 만든 작은 공을 톡톡 튀기면서 말했다.

　"이것은 순정기라고 하는데 조금 전에 할머니가 운공조식을 할 때, 체내의 중요한 몇 군데 대혈을 봉쇄하고 또 어떤 것은 끊어놓기도 했소."

　"……."

　"쉽게 말하면 무공을 폐지했다는 뜻이오."

　"네놈이……."

　화라연의 두 눈이 찢어질 듯이 커졌다. 그녀는 온몸을 사시나무 떨듯이 떨면서 분노하다가 잠시 후에 착잡한 표정으로 고개를 숙였다.

　진천룡은 화백에게 명령했다.

　"화백, 소천을 부르시오."

　그러나 화백은 못 들은 척 딴 곳을 쳐다보았다.

　화백은 자신만이 소천을 다룰 수 있다고 자신하는 인물이다.

　진천룡은 빙그레 웃으면서 다시 한번 화백에게 부탁했다.

　"화백, 옥군과 신혼여행을 가려는 것이니까 어서 소천을 불러주시오."

　그래도 화백은 다른 곳을 보며 모른 체했다.

그러자 진천룡은 하늘을 우러러보며 낭랑하게 외쳤다.

"소천아!"

화백의 입가에 실소가 떠올랐다. 백날 불러봐라, 소천이 오나 하는 미소다.

꾸우우!

그런데 그때 굉렬한 울음소리와 함께 소천이 육중하게 하강하기 시작했다.

"아……."

화백이 놀라고 있는 가운데 소천은 진천룡 앞에 느릿하게 내려앉았다.

"갑시다."

진천룡은 설옥군의 손을 잡고 둥실 떠올랐다가 소천 등에 살며시 안착했다.

부옥령을 비롯한 여자들이 갈망하는 눈빛으로 자신을 주시하고 있는 것을 무시한 채 진천룡은 짧게 말했다.

"소천아, 가자."

쏴아아악!

소천이 순식간에 까마득한 하늘로 쑤욱 떠올랐다.

설옥군은 더할 수 없이 행복한 미소를 지으며 진천룡에게 기대며 코 먹은 소리를 냈다.

"어딜 가나요?"

진천룡은 빙그레 미소 지었다.

"소천이 가는 대로 갑시다."

"좋아요."

꾸워어억!

그 말을 알아들었는지 소천은 한바탕 크게 울음을 터뜨리며 힘차게 날갯짓을 했다.

『봉정대연가(鵬程大戀歌)』完.